KB069366

乱编武林

난검무림 1

초판 1쇄 인쇄일 2015년 3월 23일 | **초판 1쇄 발행일** 2015년 3월 25일

지은이 용우 | **펴낸이** 곽중열 | **담당편집 팀장** 이범수
편집부 신연제 이윤아 김호성 김은경

펴낸곳 (주) 조은세상 | 출판등록 제2002-23호
주소 경기도 연천군 미산면 청정로 1355
TEL 편집부 02)587-2966 | FAX 02)587-2922
e-mail bukdu@comics21c.co.kr

ⓒ용우 2015
ISBN 979-11-5512-996-8 | ISBN 979-11-5512-995-1(set) | 값 8,000원

난검무림

용우 신무협 장편소설

1

NEO ORIENTAL FANTASY STORY

북두
(하)좋은세상

NEO ORIENTAL FANTASY STORY

난검두림

序章

亂劍武林
난검무림

亂劍武林 난검무림

序章

NEO ORIENTAL FANTASY STORY

"왜 그랬냐."

내 물음에 녀석은 웃으며 대답했다.

"가지고 싶었으니까."

또 한 녀석이 말을 받는다.

"나란 존재를 각인 시키고 싶었으니까."

"겨우 그런 것 때문에 그랬던 거냐. 아무것도 아닌 그것 때문에?"

내 말에 두 녀석은 웃으며 답했다.

"그것이 무림이니까."

스윽-.

검을 들었다.

머리가 차가워지고 두 녀석을 향해 소리쳤다.

"준비해라. 너희의 생각을 뿌리부터 뜯어 고쳐주마."

그리고 전쟁이 시작되었다.

NEO ORIENTAL FANTASY STORY

第1章.

第1章.

천기자(天技子)라 불리는 사람이 있다.

그 별호처럼 하늘에서 내린 듯 뛰어난 재주를 가지고 있었음이니 그를 탐내는 무림방파는 수도 없이 많았다.

천기자가 손댄 삼류무공이 절정무공으로 변모되고, 그가 손댄 진법은 천하에 둘도 없는 절진이 되며, 그가 만든 검은 천하에 둘도 없는 보검이 된다.

그야말로 손대는 것마다 최고의 것을 만들어내는 자가 바로 그였다.

하지만 그런 천기자에게도 약점이 있음이니 바로 무공을 익히지 못한다는 것이었다.

선천적으로 단전이 폐쇄되어 태어난 그이기에 무공을 익힐 수 없었던 것이다. 그 덕분에 수도 없이 많은 납치의 위험을 넘기며 천기자는 무림을 떠돌았다.

그리고 그와 뜻을 함께하며 행동하는 이들이 늘어났음이니.

무림에선 칠성좌(七星座)라 불렀다.

그 면면도 뛰어나기 그지없다.

천하제일의 발을 가지고 무림 어디도 갈 수 있다고 알려진 무영풍(無影風) 달현.

선천적으로 타고난 신력(神力)을 바탕으로 외공으론 적수를 찾아보기 어렵다고 알려진 거력신마(巨力神魔) 파양호.

여인의 몸으로 쾌검에 있어 천하제일의 자리에 오른 백검(魄劍) 하단설.

두말이 필요 없는 천하제일살수 묵살검(默殺劍).

천하제일상단을 일으켜세운 황금충(黃金蟲) 강태.

마지막으로 일권무적(一拳無敵) 황여의.

천기자까지 일곱의 무리를 사람들은 칠성좌라 부르며 무림 최강자의 반열에 올려놓기를 주저하지 않았다.

실제로 그들이 무림을 활보하는 동안 단 한 번도 패배를 당하지 않았다는 것이 그것을 증명하고 있었다.

특히 각종 패악을 저지르지만 강성한 힘으로 인해 쉬이 건드리지 못하던 무악문을 칠성좌 만의 힘으로 무너트린 것은 그들의 유명세를 더욱 드높게 만들었다.

무림에 오래오래 남을 것만 같던 칠성좌.

하지만 어느 날 갑자기 그들은 모습을 감추었다.

칠성좌의 주인들 중 누구도 무림에 모습을 드러내지 않았고, 그들이 다스리던 문파나 상단에서도 그 흔적을 찾질 못했다.

그것이 벌써 30년 전의 일이었다.

"시간 한 번 빠르군."

계곡의 한쪽에 만들어진 평상에 앉아 따뜻한 햇볕을 쬐이며 입을 여는 노인. 화려한 복장은 아니지만 깨끗한 복장을 한 그의 모습은 선인(仙人)이라 불러도 좋을 정도다.

그의 말에 대답한 것은 곁에 앉아 있던 덩치가 큰 노인이었다. 몸이 탄탄한 근육으로 단련되어 있는 흰 머리카락이 아니었다면 결코 노인으로 생각 할 수 없을 자다.

"벌써 시간이 꽤 흘렀소. 그나마 저 녀석이 아니었다면 큰 재미도 없는 삶. 포기했을 지도 모르겠소, 형님."

"후후, 그럴지도 모르지. 저 녀석을 만난 것은 그야말로 하늘의 계시라고 할 수밖에 없겠지."

말과 함께 두 사람의 시선이 계곡이 시작되는 폭포 쪽으로 향한다.

콰아아아-!

엄청난 물줄기가 쏟아지며 귀가 먹먹할 정도로 굉음을 토해내고, 온 사방으로 물을 튀며 운무를 만들어낸다.

그리고 그 밑에 한 사내가 앉아 있었다.

쏟아지는 거센 물줄기를 아무렇지 않은 듯 몸으로 받아내는 사내.

폭포수의 강렬함이 익숙한 듯 감은 두 눈을 뜨지 않는 그.

호감형의 얼굴을 가진.

쾌남이라 부를 수 있는 그의 몸은 무척이나 잘 다듬어져 있었다.

"이제 얼마나 남았습니까, 형님."

"음… 사실상 이젠 끝이라 봐야하겠지."

"그거 다행이로군요. 하하하, 다행이 늦진 않겠군요."

"그렇겠지."

웃으며 고개를 끄덕이는 노인.

"천기자라 불리는 형님의 모든 것이 저 아이에게 전해

졌으니, 녀석이 무림에 나타나는 날 모두들 크게 놀랄 것이 분명합니다."

"그런가. 내가 생각하기엔 나보단 아우들의 힘을 이어받은 것이 더 도움이 될 것이라 생각하네."

"하하, 가르칠 것이라곤 힘쓰는 것뿐인데 뭐가 도움이 되겠습니까?"

멋쩍게 웃는 노인.

그가 바로 칠성좌의 일인인 거력신마였으며 곁에 앉아 있는 선인 같던 노인은 천기자였다.

무림에서 흔적도 없이 사라졌던 그들인 것이다.

수많은 소문이 있었지만 어떠한 이유든 결국 죽었을 것이란 것이 정설이었는데, 멀쩡히 살아있는 것이다.

두두두!

쏟아지는 물에 의해 연신 자극되는 신체.

평범한 사람이라면 견뎌내지 못할 어마어마한 압력이지만 태현에게 있어선 그저 편안한 안마에 불과하다.

육체를 한계까지 단련한 그이기에 가능한 일인 것이다.

외적으로 보자면 그저 다부져 보이는 평범한 몸인 것 같지만 그의 신체는 오랜 시간을 들여 개조되고 만들어진 몸인 것이다.

- 돌아가자꾸나.

명상을 깨고 들려오는 사부의 전음에 태현은 천천히 눈을 뜬다.

맑고 투명한 눈.

"으음!"

마치 막 잠에서 깨어난 것처럼 기지개를 펴며 무시무시한 물의 압력을 무시하며 자리에서 일어난다.

"벌써 돌아갈 때인가?"

투명한 듯 맑은 목소리.

가벼운 몸놀림으로 물을 향해 뛰어든 태현은 금세 헤엄을 쳐서 밖으로 나간다.

훅-!

내공을 외부로 돌리며 삼매진화를 일으키자 순식간에 마르는 옷과 몸.

내공의 수발이 자유롭지 않다면 결코 펼칠 수 없는 신기였지만. 아무렇지 않은 듯 옷을 말린 태현은 곧장 사부들의 뒤를 따른다.

숲에 난 오솔길을 따라 폭포의 굉음이 더 이상 귀에 들려오지 않을 때쯤 저 멀리 수풀을 지나 보이기 시작하는 거대한 석산(石山).

어마어마한 규모의 석산이다.

 1

사람이 앞에서니 너무나 작게 보일 정도로 말이다.

보통 석산이라 하면 크건 작건 돌로 이루어져 있는데, 눈앞의 석산은 그 산 전체가 하나의 돌로 이루어져 있었다.

석산의 한 곳에 나 있는 길을 따라 천천히 위로 오른다.

절벽으로 이루어진 이 석산을 올라갈 수 있는 방법은 오래 전 천기자가 직접 만들어 놓은 이 작은 길 밖에 없다.

두 사람이 겨우 함께 지나갈 수 있을 정도로 작은 길.

이 길을 제외한 부분은 무척이나 미끄러운 이끼들이 가득 자리를 잡고 있어서 어지간한 실력자라 하더라도 오르지 못할 정도였다.

그렇게 한참을 걸어 석산을 오르자 놀랍게도 공터가 모습을 드러낸다.

그리고 공터를 지나면 거대한 입을 벌리고 있는 동굴이 모습을 보이는데, 바로 이 동굴 안에서 생활을 하고 있었다.

천기자의 손길이 닿지 않은 곳이 없는 동굴은 철저하게 진법으로 보호되고 있어, 여름이건 겨울이건 일정한 온도를 유지하고 있을 뿐만 아니라 사람이 살아가는데 있어 필요한 모든 것이 준비되어 있었다.

물론 식량 따위는 외부에서 어렵게 공수하는 수밖에 없지만 식수 등은 어떻게 만든 것인지 몰라도 동굴 안쪽에 마련되어 있는 샘에서 필요한 만큼 솟구쳐 오른다.

그야말로 수련을 위한 모든 것이 준비되어 있는 것이다.

"천검(千劍)이 있는 곳으로 가자."

"예, 사부님."

천기자의 말에 태현은 두 사람을 뒤로 하고 동굴 안쪽으로 향한다.

겉으로 보기엔 거대한 석산에 불과하지만 실상 천기자는 석산 전체에 어지럽게 구멍을 뚫어서 유용하게 사용하고 있었다.

석산이 무너지지 않으면서 필요한 공간을 정확하게 만들어내는 것 또한 그의 뛰어난 두뇌가 있기에 가능한 일이었다.

태현이 먼저 한 방으로 들어가자 거력신마는 다른 곳으로 향했고, 태현의 뒤를 따른 것은 천기자 뿐이었다.

천검의 방은 이곳에 있는 방 중에서 가장 큰 곳이다.

거대한 방 전체에 빼곡히 들어차 있는 검들!

그 이름과 같이 천개의 검이 자리를 잡고 있는 곳이 바로 이곳이었다.

사방에 자리를 잡고 있는 검은 날카로운 예기를 드러내며 검날을 드리우고 있는데, 방의 중심에 서게 되면 천 개의 검이 자신을 노리는 듯 한 느낌을 받게 된다.

"천검(千劍)을 지배하는 자 천검(天劍)이 될 수 있을 것이다. 천하의 수많은 검법들 중 천검의 검로를 따르지 않는 것이 없음이니, 이것을 완벽하게 익혀야 만이 세상을 향해 나갈 수 있을 것이다."

천기자의 말에 태현은 고개를 숙여 인사를 한 후 가볍게 몸을 움직이며 긴장감을 풀고서 천천히 방의 중앙으로 향한다.

저벅저벅─.

한발 한발 내딛을 때마다 날아든 날카로운 예기에 몸이 움찔움찔 한다.

벌서 오랜 시간을 이곳에서 수련을 했기에 익숙해질 만도 하건만, 도저히 익숙해지지 않는다.

'들어 설 때마다 예기가 날아드는 방향이 미세하게 변한다. 사부님께서도 엄청난 것을 만드셨다니까.'

속으로 중얼거리며 정확히 방의 중심에 도달한 그 순간.

움찔!

온 몸의 감각이 극도로 살아나며 신경이 곤두선다!

천검을 익히는 과정은 극히 간단하다.

정중앙에 서서 가만히 있기만 해도 된다.

버틸 수 있다면 말이다.

끊임없이 날아드는 예기는 당장이라고 목을 벨 듯하고 심장을 멈추게 할 것 같다.

처음 태현이 이 방에 들어와서 중앙에 서는 데까지 무려 2년의 시간을 필요로 했다.

그리고 다시 중앙에서 버티고 서 있을 수 있게 될 때까지 3년이 걸렸다.

온 몸의 기운을 다 빠지게 할 정도로 천검은 어마어마한 체력과 정신력을 필요로 하는 것이다.

상상도 할 수 없을 정도로 단련된 지금의 태현이라고 해서 다를 것은 없었다. 다만 이젠 능숙하게 날아드는 예기를 흘려 낼 수 있게 되었다는 것이 다를 뿐.

스륵.

발은 움직이지 않지만 그의 상체는 미미하게 쉬지 않고 움직인다.

날아드는 예기를 최소한의 동작으로 피해내고 있는 것이다.

천개의 검이 있다고 해서 천개의 예기가 날아드는 것이 아니다.

그것들은 하나의 검이 되어 쉬지 않고 태현을 향해 날아들었고, 그 때마다 검로는 다채롭게 변형된다.

무림에 쉬이 알려진 육합검법에서부터 무당의 태극혜검과 남궁세가의 자랑이라는 제왕검형까지.

그 형체가 없기에 가능한 일.

실제로 태현이 태극혜검과 제왕검형을 본 것은 아니다.

하지만 천검의 자유로움은 그에 필적하는 것들로 가득 채워져 있었고, 그것은 검으로 표현 할 수 있는 모든 것이었다.

"일 검에 천검을 파훼 할 수 있을 때, 천검을 얻을 수 있을 것이다. 피하는 것만이 능사는 아닐지니 항시 생각하고 또 생각해야 할 것이다."

멀리서 들려오는 천기자의 말을 귀담아 들으며 태현은 쉬지 않고 움직인다.

조금만 더 움직여도, 덜 움직여도 천검의 제물이 된다.

뿐만 아니라 사부의 말처럼 반격할 실마리를 찾아야 한다.

천검이라고 해서 완벽한 것은 아니기에 그 실마리는 노력한다면 어렵지만 찾을 수 있었다.

문제는 찾는다고 해서 끝이 아니라는 것이다.

반격을 해야 하는데, 그것이 쉽지 않다는 것이다.

천검의 공격을 피하며 한 순간을 노려야 하는데 그러기 위해선 빠르기와 힘, 유연함의 그 모든 것을 일 검에 쏟아 부을 수 있는 실력이 있어야 했다.

지금의 태현에겐 반격의 실마리를 찾을 수는 있지만 반격을 가하기 위한 능력은 조금 모자랐다.

하지만 태현은 포기하지 않았다.

포기하는 순간 결코 이곳을 극복 할 수 없다는 것을 오랜 경험을 통해 배웠기 때문이다.

'내가 이겨내지 못할 것을 만드실 사부님이 아니시다. 언제나 힘들고 어려웠지만 나 스스로 극복 할 수 있는 과제만을 내주시지 않았던가. 천검이라고 해서 극복하지 못할 리 없다.'

사부에 대한 굳건한 믿음.

그 하나로 태현이 천검에 매달린 것이 무려 십년이다.

아주 어릴 적부터 시작했으니 굉장한 시간을 투자한 것이다.

천검과 함께 시작했던 다른 것들은 이제 모두 통과하여 남은 것이라곤 이것 하나 밖에 없었다.

그렇게 묵묵히 수련에 몰두하는 태현을 지켜보던 천기

24

자가 몸을 돌린다.

동굴 한쪽에 마련된 방에 들어서자 기다렸다는 듯 거력신마가 차를 내온다.

"허허, 이젠 말하지 않아도 가져다주는군."

"형님과 함께 생활한 것이 몇 년이오. 돌아올 시간 정도는 이젠 말하지 않아도 아오."

"이걸 좋아해야 하는 건가?"

"편하면 됐지 않소. 하하하!"

호탕하게 웃는 거력신마를 보며 천기자는 웃으며 자리에 앉는다.

"이제 이곳에서의 생활도 끝을 볼 때가 되어가는군."

"그 정도요?"

천기자의 말에 놀라며 눈을 크게 뜨는 거력신마.

"내가 준비한 것은 이제 천검 밖에 남질 않았어. 그 천검도 정복하는데 오랜 시간은 걸리지 않을 것이네."

"허… 보통 사람이라면 하나 통과하는 것도 어려울 십관(十關)을 벌써 끝낸단 말입니까? 태현의 나이가 이제 스물이니 무림에 희대의 고수가 탄생하는 것이 되겠군요."

"나로서도 상상치 못했던 일이지. 뛰어난 기재를 데리고 와도 십관을 전부 통과 할 수 있을 것이라곤 생각지 못했거든."

"녀석을 만난 것은 그야말로 천운이오."

"그렇지. 그날 태현이를 만나지 못했다면 지금의 우리도 있지 못했겠지."

쓸쓸해하는 천기자를 보며 거력신마는 묵묵히 고개만을 끄덕인다.

만약 태현을 만나지 못했다면 자신들은 이미 세상에 존재하지 않았을 수도 있는 일이었다.

모든 것을 잃었던 자신들이기에 당시의 몸 상태와 마음으론 스스로 목숨을 끊었어도 이상할 것이 없었으니까.

"녀석에겐 언제 이야기를 할 거요, 형님?"

"슬슬 준비를 해야 하겠지. 하지만 이전에 이야기 한 것처럼 할지 말지는 태현의 의지에 맡길 것이다."

"이미 그러기로 하지 않았소. 나도 강요할 생각은 없소."

당연하다는 듯 고개를 끄덕이는 거력신마를 보며 천기자는 웃으며 천천히 찻잔을 든다.

"이젠 차를 끓이는 것도 능숙해졌구나."

"하하, 이것도 하다 보면 숙달이 되는 모양이오. 예전에는 넘치는 힘 때문에 이런 일은 죽기보다 하기 싫었지만 하다 보니 이젠 재미가 있는 것 같소."

"그래."

26

그렇게 사소한 이야기를 주고받고 있을 때 문을 두드리며 태현이 안으로 들어온다.

"수련이 끝났으면 만년한천수로 가거라. 오늘은 그것으로 끝을 보자꾸나."

"예."

천기자의 말에 고개를 숙이곤 다시 방을 빠져나가는 태현.

그 모습을 보고 있던 거력신마가 혀를 내두른다.

"만년한천수에 맨몸을 담그고도 무사한 것은 세상을 통 털어도 녀석 밖에 없을 거요."

"후후, 그러기 위해 많은 것을 했지 않느냐."

"뭐… 그렇긴 하지만."

입을 다시는 거력신마.

만년한천수는 무림에서 그 가치를 따질 수 없는 보물 중의 하나다.

이곳에 몸을 담그고 버텨낼 수만 있다면 온 몸의 노폐물이 절로 빠져나가는 것이 마치 벌모세수라도 받은 것 같은 효과를 받을 수 있었다.

다만 문제가 있다면 만년한천수는 어지간한 내공을 지니고서도 쉬이 몸을 담글 수 없을 정도로 차갑다는 것이다.

군이 비교하라면 맨몸으로 북방의 얼음이 떠다니는 빙하에 몸을 담그는 것보다 더 어려운 일이었다.

워낙 찾기 어려운 것이라 이제는 기록으로만 남아 이것의 존재를 아는 사람이 거의 없을 정도다.

천기자 또한 우연히 발견한 것으로 만년한천수 때문에 이곳에 자리를 잡았다고 해도 과언이 아니었다.

첨벙!

"후우…."

몸을 담그자 온 몸을 송곳으로 찌르는 듯, 강렬한 통증이 덮치지만 그것도 잠시.

금세 몸의 근육이 풀어지며 시원함을 느낀다.

이렇게 편안함을 느끼기까지 상당히 오랜 시간과 노력을 필요로 해야 했지만, 이젠 그저 편하다는 생각 밖에 들지 않는다.

오직 만년한천수에 익숙해진 태현이기에 느낄 수 있는 기분이다.

다른 사람이라면 손을 잠시 담그는 것만으로 어마어마한 냉기를 직면하고 경악을 할 것이었다.

"이제야 길이 보이는 것 같네."

눈을 감으며 천검을 그려보는 태현.

오랜 시간 노력을 했지만 도저히 끝이 보이질 않던 천검이 이젠 끝이 보이고 있었다.

당장 깰 수 있는 것은 아니지만 몸이 느끼길 시작했다.

지금까지의 경험으로 보아 오래 걸리지 않아 깰 수 있을 것이다.

"하지만…."

다만 문제가 되는 것이 있다면 자신이 느끼고 있는 길이 무려 세 개나 된다는 것이다.

'사부님의 말씀에 따르면 천검은 일검에 펼쳐져야 한다. 그럼에도 불구하고 길이 세 가지나 된다는 것은 내가 부족하기 때문인 것인가….'

고민에 빠져드는 태현의 몸이 천천히 만년한천수 안으로 완전히 빠져든다.

이것은 천기자 역시 예상치 못한 일이었다.

최강의 일 초식을 만들기 위해 자신의 모든 것을 투입하여 만든 것이 천검이다.

그런 천검이 일 초식이 아닌 세 개로 나뉠 줄은 천기자도 예상치 못했던 일인 것이다.

하지만 태현은 어렴풋이 깨닫고 있었다.

자신에게 보이는 세 길이 하나로 보일 때 진정한 천검이 만들어질 것이란 사실을 말이다.

동시 거기까지 가는 길이 결코 순탄치 못할 것이란 것
도.

그렇게 또 하루가 저물어 간다.

화르륵-!

거세게 타오르는 건물.

사방에서 들려오는 비명소리에 정신을 차릴 수 없다.

뜨거운 불길은 당장이라도 자신을 집어 삼킬 것 같고,
점점 가까워지는 비명소리는 곧 자신이 지를 소리인 것만
같다.

덜덜덜!

쉬지 않고 떨어대는 몸.

"도련님을 모셔라! 이곳은 우리가 지킨다!"

듬직한 목소리와 함께 자신의 몸이 누군가에 의해 강
제로 흔들리기 시작한다.

"허억, 헉!"

들려오는 것이라곤 자신을 데리고 움직이는 사내의 거
친 숨소리뿐.

"도련님! 꼭 사셔야 합니다! 복수 같은 것은 생각하지
않으셔도 좋으니 반드시 살아남으셔야 합니다!"

거친 호흡을 토해내면서도 같은 말을 반복하는 사내.

그리고 기억이 끊어진다.

"또…."

눈을 뜬 태현은 얼굴에 가득한   아내며 자리에
서 일어선다.

가끔 꿈을 꾼다.

지독히 안타깝고 서글픈 꿈을.

꿈만으로 끝나지 않는 이야기를

으득!

이를 악무는 태현.

"난… 아직 아무것도 하지 않았어."

펄럭!

자리에서 일어난 태현은 곧장 옷을 챙겨 입고 밖으로
나가 수련을 시작한다.

지독한 꿈의 끝을 보기 위해선….

지금은 힘을 길러야 할 때였다.

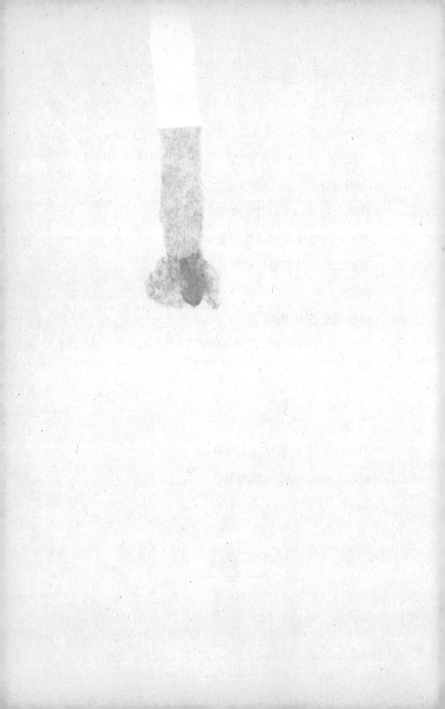

第2章.

亂鳥武林 난검두림

第 2 章.

수풀이 무성한 숲을 빠르게 움직인다는 것은 어지간한
실력으로는 무척이나 어려운 일이다.

단순히 나무 위를 뛰어다니는 것은 누구나 할 수 있는
일이지만, 그 밑으로 움직이는 것은 결코 쉬운 일이 아니
었다.

1장만 움직여도 코앞에 나뭇가지가 모습을 보이고, 언
제 어디서 갑작스런 상황이 펼쳐질지 모르는 것이 숲이
다.

그런 숲을 빠르게 움직이는 자들이 있었다.

전문적으로 훈련을 받지 않고선 결코 보일 수 없는 움

직임을 보이며 움직이는 자들.

철저히 자신을 감추면서도 빠르게 움직이는 그들을 찾아내는 것은 어려운 일일 것 같았다.

그렇게 움직이던 자들의 가장 선두에 서 있던 자의 발이 멈추자 기다렸다는 듯 모두들 제자리에 멈춰 선다.

스스슥.

뱀이 나무를 타고 올라가는 것처럼 자연스럽게 나무 위로 올라가는 그.

나무의 가장 높은 곳에 매달린 그의 시선이 저 멀리 산 하나를 바라본다.

거대한 석산.

주변에 많은 산들을 두고 그의 시선은 그곳에서 떨어질지 몰랐고, 한참을 바라본 끝에 그의 손이 움직이자 거기에 맞춰 멈춰 섰던 자들이 다시 움직이기 시작했다.

석산을 향해.

그렇게 석산을 향해 빠르게 움직이던 자들의 발이 묶인 것은 석산을 코앞에 두고서였다.

분명 선명하게 보이던 석산이 사라지고 눈앞에 나타나는 괴물들. 난생 처음 보는 괴물에 깜짝 놀라면서도 달려드는 놈들을 피하기 위해 이리저리 움직인다.

"멈춰! 진법이다!"

그때 조금 뒤에서 따라오던 자의 목소리에 일제히 움직임을 멈추는 그들.

허나, 이미 진법에 빠져든 몇몇은 움직임을 멈추지 않는다.

심지어 무기를 뽑아 들고 휘두르는 자들도 있었다.

"물러서라. 경계를 찾아야 한다."

그의 말에 일제히 뒤로 물러서며 주변을 살피는 자들.

하지만 눈에 들어오는 것이 없었다.

어디에나 있던 평범한 나무였으며, 여기저기 있는 돌들 역시 세월의 흔적이 고스란히 있다.

진법을 펼치기 위해 놓은 돌이라면 그 흔적이 있어야 하지만 어디에서도 찾아 볼 수 없다.

"…죽여."

결국 진법의 경계를 찾기 못한 그는 수하들에게 동료를 죽일 것을 명령했다.

잔인한 명령이지만 그들은 당연하다는 듯 단검을 날려 동료의 심장을 꿰뚫는다.

"철수한다."

명령이 떨어지기 무섭게 기다렸다는 듯 시신들을 당겨 화골산으로 흔적을 완벽하게 없앤 뒤 물러서는 그들.

잠시 후 그들이 완벽하게 모습을 감춘다.

"생각보다 빠른 것 같소, 형님."

"놈들도 보통은 아니니 어쩔 수 없는 일이지."

석산의 한쪽에서 상황을 지켜보던 천기자와 거력신마가 놈들이 물러서는 것을 지켜보고 나서야 이야기를 나눈다.

"언젠가 꼬리를 잡힐 것이라 생각은 했지만… 뭐, 그래도 다행이 아니오. 태현이의 수련이 끝나고 있음이니."

"이제 이야기를 해야 하겠구나."

"그건 형님이 알아서 하시오. 난 놈들을 맞을 준비를 해봐야 하겠소."

그 말과 함께 거력신마가 천천히 사라지자 천기자는 먼 하늘을 바라본다.

그렇게 한참을 그 자리에 서 있다가 해가 질 때가 되어서야 움직인다.

태현이 수련을 마칠 시간이었다.

"우리가 인연을 맺은 지도 벌써 십년이 훌쩍 넘었구나."

마주 하고 앉은 자리에서 문득 옛이야기를 꺼내는 사

부를 보며 태현은 자세를 바로 잡았다.

평소 과거 이야기를 잘 하지 않는 사부가 이런 이야기를 꺼냈다는 것은 분명 자신에게 어떠한 것을 알려주려는 것이라 생각되었기 때문이다.

태현의 자세가 어떻든 천기자는 천천히 이야기를 풀어 나간다.

"과거 일곱 사람이 있었다. 그들은 각기 자신의 영역에서 일가(一家)를 이룬 자들이었고, 서로에게 이끌려 함께 움직이다보니 무림에서 칠성좌라는 과분한 이름을 붙여 주었지. 네게 가르침을 내리는 사부들은 다들 칠성좌에 있었던 사람들이다. 이 사부를 포함해서."

그렇게 시작된 이야기는 천천히 시간을 거슬러 올라가기 시작한다.

"형제가 된 우리에게 무서운 것은 없었다. 무림에서 적을 볼 수 없는 우리가 모였으니 사실상 적이 없었기도 했지. 하지만 그런 사실은 또 다른 비극을 불러왔다."

"비극이라 하시면…?"

"방금 말했을 것이다. 우리는 칠성좌라 불렸었다고. 허나, 네게 가르침을 내린 사람은 여섯이다."

"그럼…."

조심스레 묻는 태현을 보며 천기자는 쓰게 웃는다.

"그래. 한 사람이 우리에게서 등을 돌렸지. 그 때문에 우리는 뿔뿔이 흩어져야 했을 뿐만 아니라 오랜 시간 위험을 피해 다녔어야만 했다. 적어도 너를 만나기 전 십 수 년을 말이지."

"사부님들께서 피해 다니셔야 했을 정도라면 그가 그리 강하다는 것입니까?"

태현의 물음은 당연한 것이었다.

한 분야에서 일가를 이룬 절대자들의 집합체가 칠성좌였다. 그런 사람들이 한 사람이 배신했다고 해서 뿔뿔이 흩어져 도망쳐야 했다는 것은 쉬이 이해 할 수 없는 일이었다.

특히 칠성좌라 불렸던 만큼 무림에서의 영향력도 무시할 수 없을 정도였을 터이니, 의문은 더욱 커진다.

비록 무림에 나간 적은 없지만 천기자를 통해 수도 없이 많은 지식을 쌓은 태현이기에 가질 수 있는 의문이었다.

"녀석은 혼자이되 혼자가 아니었고, 우리는 서로에 대한 믿음이 너무 강했었다. 그 믿음으로 인해 스스로 파멸로 이르는 길에 접어들었던 것이지."

그 말을 끝으로 눈을 감고 입을 열지 않는 천기자.

후회가 가득한 그 얼굴을 보며 태현은 입을 열지 않았다.

다행이 오래 지나지 않아 천기자가 다시 말을 하기 시작했다.

"오래 전에 네게 이야기 했을 것이다. 우리는 네게 원하는 것이 있고, 그것을 위해 우리의 모든 것을 네게 가르쳐 줄 것이라고."

"예. 그리고 저는 이리 답했었습니다. 복수할 힘을 얻을 수 있다면 무엇이든 하겠다고요."

"그래. 그리고 넌 힘든 훈련이 이어졌음에도 불구하고 싫은 내색하나 없이 묵묵히 해내었었지."

"사부님 덕분입니다."

고개를 숙이는 태현을 보며 천기자는 웃으며 말했다.

"이젠 때가 되었다."

"그 말씀은?"

"무림으로 갈 때가 되었다는 것이다. 오늘 낮에 녀석의 수하로 보이는 자들이 이곳을 찾아왔더구나. 많은 시간이 흘렀음에도 불구하고 우리를 찾고 있다는 것은 녀석이 뭔가를 꾸미고 있다는 것이고 우리가 걸림돌이 된다는 뜻. 수일 안으로 녀석의 수하가 이곳을 향해 올 것이 분명하다."

"첫 실전입니까?"

눈을 빛내는 태현을 보며 천기자는 고개를 저었다.

"놈들이 오기 전. 천검을 완성해라. 천검을 완성하는 길이 세 개든, 네 개든 완전히 네 것으로 만들어라. 그것은 곧 천검의 완성으로 향하는 길이 될 것이니 이곳이 아니더라도 완성 할 수 있을 것이다."

"허면 이곳을 버리고 다른 곳으로 가는 것입니까?"

그 물음에 천기자는 천천히 고개를 흔들었다.

"가는 것은 너 혼자 뿐이다."

그 말에 태현의 얼굴이 굳어진다.

태현이 뭐라 말을 하기 전 천기자가 먼저 입을 열었다.

"우리에게 남은 시간은 이제 얼마 남지 않았다. 특히 나의 경우엔 앞으로 오래 살아봐야 일 년 정도가 한계겠지. 밖에 있는 양호 역시 마찬가지다."

스륵-.

말과 함께 윗옷을 벗는 천기자.

그러자 드러나는 깊은 상처.

왼쪽 어깨에서부터 오른쪽 하복부를 길게 가로지르는 상처는 한눈에 봐도 위중한 것이라 살아있는 것이 이상할 정도였다.

"어떻게든 네가 무사히 무림에 나가는 것만을 생각하며 많은 것을 내 몸에 시도했지만 이젠 그것도 끝이다."

그리고 보니 상처 주변은 유난히 피부가 검게 물들어

있었고, 이곳저곳에 크고 작은 피부를 찢은 자국들이 가득 남아 있었다.

"섭섭해 할 것 없고, 아쉬워 할 것 없고, 미안해 할 필요 없다. 그저 원하는 것이 있어 널 구했고, 널 키웠고, 널 가르쳤을 뿐이다. 그저 그것뿐이다."

"사부님…."

"우리가 원하는 것을 네가 하고 난다면… 넌 네가 원하는 것을 하고 살아라. 자유롭게. 그것이 나를. 우리를 위하는 길이 될 것이다."

천기자의 단호한 말에 태현은 아무 말도 할 수 없었다.

아무 말도.

†

"내게도 기회가 오는군."

웃으며 손에 쥔 종이를 순식간에 태워버리는 사내.

어딘지 모르게 위험한 향기를 내뿜는 사내의 모습은 그 향기처럼 험상궂다.

얼굴에 가득한 상처자국.

쉽게 찾아 볼 수 없는 붉은 머리카락까지.

야생에서 만난 호랑이를 대하는 기분이랄까.

그가 자리에서 일어서자 다른 사람들 보다 족히 머리 한 두개는 더 큰 키가 도드라진다.

등에 걸린 거대한 도(刀)와 함께.

문을 열고 밖으로 나가자 그곳엔 기다렸다는 듯 붉은 옷을 입은 사내 몇이 무릎을 꿇고 기다리고 있었다.

"몇이나 모였지?"

"적영대(赤影隊) 전체 인원의 4할입니다."

"대충 사백 명 정도인가? 할 만하겠군. 다른 놈들은?"

"백영대(白影隊)가 현재 움직임을 보이고 있는 것으로 확인되었습니다. 그 외에는 조용합니다."

"백영? 쯧… 눈치만 빠른 놈 같으니라고. 할 수 없지. 놈에게 연락을 넣어라. 귀찮긴 하지만 대어를 낚기 위해서라면 약간의 손해는 감수해야 하겠지."

"존명!"

스슥!

그의 명령에 즉시 고개를 숙이며 사라지는 한 사람.

"가자."

"호호, 이것 봐. 내가 말했잖니? 조금만 찔러보면 뭔가 움직임을 보일 거라고 했지?"

가냘픈 선을 가지고 옷차림 역시 화려한.

44

하지만 분명 남자인 것이 분명한.

얼굴에 얇지만 분칠을 한 그가 자리에서 일어섰다.

"적영 혼자 좋은 일을 시켜줄 수는 없지. 가자. 즐길 시간 이란다!"

"존명!"

백영의 말과 함께 그의 주변으로 백의 무복을 입은 무인들이 차례로 모습을 드러낸다.

적영과 백영이 마주서자 주변 기운이 날뛰기 시작한다.

서로를 향해 날을 세우는 두 사람.

아니, 두 사람 뿐만 아니라 적영대와 백영대 역시 서로를 향해 날카로운 기세를 흘리고 있었다.

같은 목적을 향해 움직이고 있지만 서로를 견제하는 관계이다 보니 어찌 보면 당연한 일이라 할 수 있었다.

"흥! 여전하군."

냉랭한 기운을 거두며 먼저 말을 한 것은 백영이었다.

그에 적영 역시 기운을 거두며 말을 받는다.

"여전히 재수 없는 말투로군."

"호호호! 칭찬으로 듣지."

남자임에도 불구하고 여자 목소리를 흉내 내는 백영을 보며 적영을 얼굴을 찌푸렸지만 곧 본래대로 돌아온다.

비록 하는 짓이나 생긴 것이 마음에 들지는 않지만 백영의 실력은 진짜이고, 자신이라 하더라도 쉽게 볼 수 없는 상대이기 때문이다.

실력이 없었다면 애초 백영이란 이름을 받을 수 있었을 리 없다.

"후… 좋아. 이번 사냥감이 만만치 않다는 사실은 잘 알고 있겠지?"

"물론이지. 우리의 눈을 피해서 무려 수십 년을 버텨온 자들이니까. 그 중에서도 제일 위험한 자들이고."

"그런 놈들일 수록 처리할 맛이 나는 법이지."

"떨어지는 것도 많을 테고."

당연하다는 듯 웃으며 말하는 백영을 보며 적영 역시 마주 웃는다.

대어인 만큼 낚을 수만 있다면 거기서 자신들이 얻을 수 있는 이익이란 상상도 할 수 없을 만큼 큰 것일 터다.

"그럼 준비를 해보자고. 포위를 기본으로 난 동쪽, 넌 서쪽. 되겠지?"

"먼저 발견하는 쪽이 선 권리를 가진단 말이지? 좋아."

흔쾌히 고개를 끄덕이는 백영을 보며 적영은 웃으며 동쪽을 향해 몸을 날리고, 백영 역시 뒤이어 서쪽을 향한다.

기다렸다는 듯 적영대와 백영대의 무인들이 빠른 속도로 석산을 향해 달려가기 시작했다.

딸랑딸랑-.

한번 들리기 시작한 방울 소리는 점차 크게. 그리고 많이 울리기 시작했고, 이제는 도저히 듣고 있을 수 없을 정도로 어지럽게 울어댄다.

"생각보다 빠르게 움직이는 것 같소, 형님."

"음… 어쩔 수 없는 일이지. 천라미로환영진이 제 기능을 발휘하길 기대하는 수밖에."

"아무리 놈들이라고 해도 천라미로환영진을 단 시간에 깨트리긴 어려울 거요. 누가 뭐라고 해도 형님의 역작이지 않소."

"바꿔 말하면 시간만 있다면 뚫을 수 있다는 뜻이기도 하지."

천기자의 말에 거력신마는 쓰게 웃으며 자리에서 일어섰다.

"뭐가 됐든 이제 놈들을 맞이할 준비를 해야 하겠소.

가는 길에 쓸쓸하지 않으려면 제법 많은 놈들을 데리고 가야 하지 않겠소."

"서두르지 않아도 된다. 이럴 때를 위해 많은 준비를 해놨지 않느냐."

"그래도 자리에 앉아서 기다리기만 하는 것은 내 취향에 맞질 않소. 그보다 방울 소리가 들리지 않는 것이 놈들도 눈치를 챈 모양이오."

"간단한 방법이니 일단 들통이 나면 제거하기도 쉽지. 너무 간단한 방법이라 지금까지 효과가 있었던 것이고."

어려운 이야기를 하려는 천기자의 입을 막으며 거력신마가 고개를 젓는다.

"됐소. 이야기 한다고 해서 제대로 알아듣는 것도 아니고, 그냥 형님이 실력 발휘 제대로 했다고 생각하는 것이 더 낫소. 그보다 이제 슬슬 천라미로환영진의 무서움을 깨달을 때가 되었지 않소?"

"그렇지. 한 번 발을 들이면 끊임없이 달려드는 환상에 정신을 놓을 수밖에 없지. 가장 두려운 것이 자신에게 끊임없이 달려드는 모습을 볼 수 있을 테니까."

"그 정도로 끝나는 것이면 천라미로환영진이 굳이 무서운 진법이 되지도 않았을 거요. 어쨌거나 난 가서 구경이나 좀 하려오. 형님은 녀석에게나 좀 가보시오. 벌써 삼일이나 천검의 관에서 버티고 있으니 이젠 한계에 달했을 거요."

그 말을 끝으로 손을 흔들며 밖으로 나가버리는 거력신마.

그의 말처럼 천기자는 곧장 자리에서 일어서서 천검으로 향한다.

천기자와의 대면을 마친 뒤 얼마 지나지 않아 태현은 곧장 천검으로 향했고, 그곳에서 밖으로 나오지 않고 쉬지 않고 수련을 거듭하는 중이었다.

그것이 벌써 삼일이다.

아무리 익숙해졌다곤 하지만 천검을 삼일이나 마주하고 있다는 것은 결코 쉬운 일이 아니었다.

이전 자신의 한계를 시험하기 위해 억지로 버티고 서 있었던 것도 겨우 하루였다.

그랬던 태현이 벌써 삼일이나 버텨내고 있는 것이다.

'벌써 천검의 단서를 찾아내다니… 역시 대단하구나. 이론적으로 천검이 완성된다면 오직 하나의 검로만이 존재할 것인데… 완성되지 않았다곤 하지만 세 개의 검로라니. 정녕 믿을 수 없는 이야기다.'

자신의 제자이지만 믿을 수 없을 정도로 빠르게 성장을 하고 있었다.

정말 태현의 존재가 아니었다면 복수를 위해 움직일 생각조차 하지 않았을 지도 몰랐다.

'이제와 복수 따위가 어찌되어도 상관은 없지만… 굳이 원하는 것이 있다면 저 아이가 무림을 종횡하는 모습을 조금이라도 보고 싶었다.'

어느새 천검의 방에 들어가 태현이 수련을 하는 모습을 보며 천기자는 깊은 생각에 빠져든다.

그러면서도 그의 두 눈은 태현에게서 조금도 떨어지지 않았다.

땀을 흠뻑 흘리며 연신 느린 동작으로 움직이고 있는 그 모습을 두 눈에 새겨 넣기라도 하듯이.

"아아악!"

"쯧! 또?"

비명과 함께 사방으로 검을 휘두르는 수하를 보며 적영은 혀를 찬다.

진법을 발견하고 벌써 반 시진.

처음 뭣도 모르고 달려들었다가 희생된 수하들을 제외하고서도 진법을 깨기 위해 희생된 수하의 숫자가 물경 서른이 넘었다.

데리고 온 원이 4백인데 그 중 삼십이나 아무것도 못하고 희생을 당했다는 것은 결코 반가운 일이 아니었다.

"저쪽 상황은?"

"비슷합니다. 어떻게든 진법의 파훼법을 찾으려 하고 있습니다만… 아무래도 알려지지 않은 진법 같습니다."

수하의 보고에 적영은 다시 한 번 혀를 찼다.

백영 또한 자신처럼 헤메고 있다는 소식은 좋았지만 상황 자체는 크게 나빴다.

'이대로 시간을 끌어서 좋을 것이 없지. 어쩐다….'

턱을 쓰다듬으며 고민하던 그의 입이 열린 것은 일 다향이 지난 뒤였다.

"이곳에서 인가까지의 거리는?"

"사방 백리 안으로는 누구도 살고 있지 않습니다. 가장 가까운 마을이 이곳에서 서쪽으로 백삼십리를 움직여야 합니다. 그 마을의 사냥꾼의 움직임 범위는 삼십 리 안쪽입니다."

마치 기다렸다는 듯 보고를 올리는 사내.

아무렇지 않게 인근 마을과의 거리를 정확히 파악하여 보고 하는 것도 놀랍지만, 마을 사람의 행동 범위까지 미리 조사했다는 것은 어지간한 눈치와 실력으론 불가능한 일이다.

상전인 적영의 심리와 행동을 완전히 꿰뚫어야만 가능한 일인 것이다.

정작 적영으로선 당연한 것이라 받아들이고 있었지만 말이다.

"주변이 산으로 둘러싸여 있으니 어지간한 소음은 밖으로 흘러가지 않겠지?"

"예."

그 대답에 적영은 웃으며 턱을 쓰다듬는다.

"좋아. 이 따위 진법에 오래 얽매일 필요는 없겠지. 백영에게 연락하고 그걸 가져와. 몇 개 정도라면 괜찮겠지."

꽈꽈꽝ㅡ!

귀를 먹먹하게 만드는 굉음과 함께 하늘로 높이 치솟아 오르는 흙과 나무 잔해들!

천지가 뒤흔들리는 강렬한 폭발과 함께 그 진원지에서 족히 삼십 장은 흔적도 없이 사라져 있었다.

"역시 진천뢰의 위력은 대단하군. 이런 물건을 계속해서 만들어 낼 수 없다는 것이 참 안타깝단 말이야."

기분이 좋아진 듯 턱을 쓰다듬으며 적영이 중얼 거린다. 그와 함께 왼손을 가볍게 흔들자 기다렸다는 듯 혈의

52

를 입은 자들이 앞으로 달려 나간다.

그들의 발을 묶고 있던 진법은 어느새 강제로 파훼가 된 후였다.

콰쾅!

한 박자 늦게 멀리서 들려오는 굉음에 적영은 잠시 그쪽을 보다 천천히 발걸음을 옮긴다.

"후… 그래서 안 된다는 거다, 백영. 큰일을 눈앞에 두고도 서로를 견제하기만 한다면 언제까지고 그 자리에 있을 수밖에 없을 거다."

적영의 발걸음이 점차 빨라진다.

†

우웅–!

태현의 손에 들린 검이 연신 울음을 토해낸다.

천검의 방 중심에 자리 잡은 태현은 조금도 움직이지 않는다.

평소라면 검의 공격을 피하기 위해서라도 조금씩 몸을 움직이던 그이지만 오늘만큼은 달랐다.

아무런 행동을 보이질 않는다.

그럼에도 불구하고 아무런 반응도 보이질 않는다.

'녀석. 벌써 거기까지 도달했단 말이냐.'

부들부들.

천기자의 몸이 감동으로 떨린다.

자신이 설계하고 만들었지만 이것을 이 짧은 시간 안에 익힐 수 있을 것이라곤 생각지 않았다.

아니, 애초 완성할 수 있을 것이라 생각지도 않았다.

천검은 궁극의 검이다.

천검을 완성한다는 것은 절대자의 반열에 오른 다는 것이나 마찬가지다.

앞으로 태현이 나아가야 할 길이 얼마나 험할 것인지 천기자는 대략적으로 짐작만 할 뿐이다.

'아쉽구나. 더 이상 함께 할 수 없다는 것이.'

더 이상 함께 할 수 없다는 것이 아쉽기 그지없지만 어쩔 수 없는 일이었다.

굳이 놈들 때문이 아니더라도… 더 이상 하늘이 시간을 허락하지 않고 있었다.

콰르릉!

천둥이 치는 듯 강렬한 굉음과 함께 방 전체에 먼지가 가득 피어오른다.

낮은 진동이 석산 전체를 뒤흔들고…

천천히 태현이 천기자를 향해 걸어온다.

"오셨습니까, 사부님."

고개를 숙이는 태현을 보며 천기자는 웃으며 그를 맞는다.

"너의 성취가 놀라울 따름이니, 곧 천하에 네 이름이 울려 퍼질 날이 머지않았구나."

"사부님의 가르침 때문입니다."

"후후, 네 노력이 있었기에 가능한 일이다."

쿠구궁-!

때를 맞추어 굉음과 함께 크게 흔들리는 석산.

"놈들입니까?"

날카로운 눈빛을 발하며 묻는 태현에게 천기자는 고개를 끄덕이며 그의 손을 잡았다.

"네 마음을 알겠다만, 이젠 가야 한다. 놈들을 상대하기엔 넌 아직 약하다. 진정 우리를 위한다면 지금은 물러서야 할 것이다. 물러서야 할 곳과 나설 곳을 구분하는 것이야 말로 진정 무림에서 오래 살아남는 법이다. 내 널 그렇게 가르치지 않았더냐."

"하지만 사부님들을 두고 어찌 저 혼자 살수 있단 말입니까?"

"그래야 한다."

"또… 혼자가 되는 것은 싫습니다!"

소리를 지르며 고개를 흔드는 태현.

평소 감정표현을 거의 하지 않던 태현의 반항에 천기자는 놀라면서도 이해했다.

자신들에게 구해지기 전 태현은 혼자 남았었다.

그런 감정을 다시 느끼기 싫은 것은 당연한 것일 터다.

"네 기분을 이해하지만 지금은 모든 것을 뒤로 하고 밖으로 가야 한다. 널 위해 이 사부들이 많은 준비를 해왔음이니 그것을 헛되이 해서는 안 될 것이야. 게다가 너는 해야 할 일이 있질 않느냐."

"사부님…!"

"만년한천수의 뒷벽을 부수면 통로 하나가 나올 것이다. 그곳으로 조금만 들어가면 연못이 하나 나올 것인데, 최대한 숨을 참고 뛰어들어야 할 것이다. 지금의 너라면 아슬아슬하게 숨을 쉴 수 있는 공간에 도착 할 수 있을 터. 그렇게 2번에 걸쳐 도착하면 앞으로 향해야 할 곳과 나와 양호가 하고 싶은 이야기가 쓰여 있는 서책이 마련되어 있을 것이야. 지금 즉시 떠나거라. 놈들에게 네 존재를 지금 들켜선 안 될 것이니."

"사부님!"

놀라는 태현의 얼굴을 두 손으로 붙들어 쓰다듬으며

천기자는 인자한 미소를 내비친다.

"부탁한다. 모든 것은 네 손에 달려있다."

그 말을 끝으로 천기자는 뒤돌아보지 않고 곧장 밖으로 향한다.

더 이상 따라오지 말라는 뜻이 역력한 그 모습에 태현은 얼굴을 일그러트리면서도 차마 따를 수 없었다.

"클클클, 진법을 깨트렸다고 해서 무사히 이곳까지 올 것이라 생각했다면 큰 착각이니라."

석산 정상에 서서 상황을 지켜보고 있던 거력신마의 얼굴에 웃음이 걸린다.

이곳에 펼쳐진 진법은 진법에 있어선 천하제일이라 불리는 제갈세가가 모두 달려든다 하더라도 최소 일주야는 충분히 버틸 수 있을 정도로 뛰어난 것이었다.

진법이라면 응당 존재해야 할 생문(生門)이 존재하지 않는 진법이니 당연했다.

일단 작동하고 난다면 내부에서 풀기 전까지는 누구의 침입도 허용하지 않는 것이다.

"형님의 예측은 언제나 빗나가질 않는단 말이지."

턱을 쓰다듬는 거력신마.

놈들이 화약을 이용해 단숨에 진법을 파훼할 것이란

예측은 이미 오래 전 천기자가 했던 것이다.

자신들이 도망가기 전에 잡으려 할 것이니 주변 상황을 고려한다면 조금 무리라 생각되는 수라 할지라도 분명 펼칠 것이라 예상했던 것이다.

그런 방법들 중에 가장 큰 확률로 사용될 것이 화약이고 말이다.

관(官)에서도 귀하게 다루는 화약을 놈들이 어떻게 구했는지는 알고 싶지도, 알 필요도 없었다.

중요한 것은 놈들이 마침내 진법을 넘어 달려들기 시작했다는 것뿐.

"너희들이 이곳으로 오길 얼마나 바랬는지 모른다."

꾹, 꾹.

혼자 중얼거리며 발을 기묘한 방법으로 움직이며 돌을 누른다.

그러자…

쿠구구!

작은 진동과 함께 그의 앞으로 꽤 큰 석판이 모습을 드러낸다.

평범한 돌을 깎아 만든 석판의 중앙에는 세 개의 구멍이 존재하고 있었는데, 품에서 단검을 꺼낸 거력신마는 지체 없이 첫 번째 구멍에 꽂아 넣었다.

찰칵!

키릭- 쿠르르.

딱 들어맞는 소리와 함께 낮은 진동과 함께 무엇인가
가 돌아가는 소리가 들려오기 시작한다.

낯선 소리임에도 불구하고 거력신마는 웃으며 시선을
저 멀리서 달려드는 침입자들을 바라본다.

"자… 너희가 상대하는 자가 누구인지 똑똑히 기억해
야 할 것이다. 크하하하!"

진천뢰를 이용해 진법을 파훼한 적영은 수하들과 함께
빠른 속도로 석산을 향해 달려갔다.

그러는 와중에도 만약을 대비해 몇몇 발 빠른 수하들
을 앞서 보내는 것을 잊지 않는 주도면밀함을 보인다.

"주위 경계를 잊지 마라. 상대가 보통이 아님을 상기시
켜라!"

"명!"

적영의 외침에 일제히 대답하며 주변을 둘러보는 수하
들.

움직이는 속도에 변함이 없으면서도 그들의 눈은 주변
을 샅샅이 훑어보고 있었다.

바로 그때였다.

쿠구구구!

드드드!

굉음과 함께 땅이 흔들리기 시작했다.

제대로 서 있기도 힘들 정도의 큰 흔들림에 적영과 수하들의 발걸음이 멈춰서고.

쩌적! 쩍!

기묘한 소리와 함께 일순 땅이 무너져 내리며 크게 벌어진다.

아니, 솟아올랐다!

콰지직!

"크아악!"

비명과 함께 피를 뿌리며 죽어가는 적영대의 무인.

콰득, 콰르릉!

굉음과 함께 땅에서 모습을 드러낸 것은 상상을 초월하는 기관들의 모습이었다.

순식간에 숲을 집어 삼키며 그 모습을 드러낸 기관들은 단숨에 자신의 영역에 들어온 자들을 집어 삼킨다!

어찌 할 틈도 없이 벌어진 일에 멍하니 보고 있던 적영이 후퇴를 명령했지만 이미 수십에 이르는 수하들이 희생을 당하고 난 뒤였다.

쿠구구…!

기묘한 진동과 굉음을 울리며 끊임없이 움직이는 기관!

으드득!

이를 악무는 적영.

이런 것이 존재할 것이라곤 상상도 해본 적이 없었다.

대응책도 찾지 못하고 단숨에 수십의 수하를 잃어버린 것은 뼈아픈 일이었다.

"…백영을 불러라."

그의 명령이 떨어지기 무섭게 사라지는 한 사람.

적영은 직감적으로 이젠 따로 행동해선 안된다는 것을 파악했다. 그렇기에 함께 행동하기 거북해하는 백영을 불러들인 것이다.

"이대로… 순순히 물러설 순 없지."

살기 가득한 눈을 빛내는 적영.

눈앞의 기관은 무시무시한 것이지만 이대로 물러서기엔 상대가 너무나 거물이었고… 결정적으로 자신의 자존심이 용납지 못했다.

잠시 뒤 백영이 달려왔다.

연락을 보냈던 것 보다 빠른 등장을 보아 미리 움직이고 있었던 것이 분명했다.

백영대의 꼴이 말이 아닌 것으로 보아 자신과 같은 기

관에 당했으리라.

"쯧… 이쪽도 마찬가지네?"

혀를 차며 묻는 백영에게 적영은 고개를 끄덕인다.

여전히 듣기 싫은 목소리지만 최대한 티를 내지 않고 손으로 석산을 가리킨다.

"아무래도 저곳까지 가는 동안은 손을 합쳐야 할 것 같다. 이런 함정이 또 없을 것 같지는 않으니."

"흐흥… 어쩔 수 없는 일이지. 더 이상의 손해는 나도 사양하고 싶으니까."

백영의 동의를 얻어낸 적영은 품에서 진천뢰 하나를 꺼낸다. 진법을 부수고 남은 진천뢰였다.

"호호. 진천뢰로 저걸 날려버리시겠다?"

"남은 게 있겠지?"

"없다면… 거짓이겠지."

백영 역시 품에서 진천뢰 하나를 꺼내 들었다.

귀한 물건이다 보니 쓸데없는 낭비를 막기 위해 최소한의 진천뢰만 사용한 것이다.

많은 수하들을 이끌고 있는 그들로서도 진천뢰를 사용하는 것이 아까울 만큼 진천뢰는 귀한 것이었다.

"어떻게? 둘? 하나?"

백영이 기관을 보며 묻자 적영은 잠시 고민 후 답했다.

"몇 개나 더 있는 지도 모르니 일단 하나로 하지. 나무를 던져라!"

그의 명령에 재빨리 커다란 나무를 베어 기관이 있는 곳을 향해 던지는 적영대.

쿠구구!

나무가 땅에 닿는 충격에 기관이 다시 움직이며 그 흉측한 모습을 드러낸다.

"흡!"

기다렸다는 듯 벌어진 기관의 틈을 향해 진천뢰를 집어 던지는 적영!

고오… 콰앙-!

굉음과 함께 먼지가 크게 피어오르고 지상으로 모습을 보였던 기관들이 일제히 동작을 멈춘다.

진천뢰가 정확히 기관의 중심을 날려버린 것이다.

기관이 멈추자 기다렸다는 듯 적영대와 백영대에서 몇 사람이 앞으로 달려 나간다.

사람이 올라섰음에도 불구하고 움직이지 않는 기관을 확인하고 나서야 그들은 다시 석산으로 향한다.

"쳇! 아직 남은 게 있었나?"

콰직!

무엇인가가 파괴되는 소리와 함께 기관이 완전히 정지하자 혀를 차며 몸을 풀기 시작하는 거력신마.

때를 맞추어 천기자가 위로 올라왔다.

"어떻게, 녀석은 보냈습니까?"

"말은 하고 왔네. 똑똑한 아이니 알아들었겠지."

"형님께서 그걸로 만족한다면 됐지만, 아쉽지 않겠습니까?"

"그건 자네가 더하겠지."

그 말에 거력신마는 멋쩍게 웃으며 고개를 저었다.

어찌 하나 밖에 없는 제자를 보내는 길이 아쉽지 않겠는가. 허나, 아쉬워하기 보단 미래를 위해서 이 자리에서 한 놈이라도 적을 줄이는 길을 택한 것이다.

"난 이제 내려가 보겠으니, 나머진 형님이 해주시오. 좋은 곳에 먼저 자리 잡고 있겠소."

"잘 부탁하네."

"걱정 마시오. 오랜만에 힘 좀 써보려니!"

크게 웃으며 내려가는 거력신마.

과거 거력신마는 그 이름처럼 막대한 힘을 자랑했는데, 문제의 그날 큰 상처를 입으며 더 이상 힘을 쓸 수 없게 되어버렸다.

아니, 폐인이라 불러도 부족함이 없었다.

그랬던 것을 천기자의 집요한 노력으로 평범한 생활을 영위 할 수 있게 된 것이다.

그런 거력신마가 진짜 자신의 힘을 발휘한다는 것은 곧 스스로 죽겠다는 말과 크게 다를 것이 없었다.

그런 사실을 알면서도 천기자는 그저 웃으며 거력신마를 보내 줄 수밖에 없었다.

'못난 형을 용서하게나.'

속으로 용서를 빌며 천기자는 품에서 단검을 꺼내 두 번째 구멍에 찔러 넣는다.

철컥!

딱 맞아 들어가는 소리와 함께 은밀하게 들려오는 작은 소리하나.

쉬이익.

"자… 마지막을 향해 달려 가보자."

콰직!

거대한 도(刀)를 가볍게 휘둘러 땅에 꽂아 넣은 거력신마는 팔짱을 낀 채 놈들이 다가오기를 기다렸다.

석산을 오르기 위해선 반드시 지나쳐야 하는 외길.

그 외길을 등지고 선 거력신마.

정상에 오르기 위해선 자신을 넘어야 가능하다는 것을

온 몸으로 표현하고 있는 거력신마.

"후후, 너도 오랜 시간 고생이 많았다. 마지막으로 실 컷 날뛰자꾸나."

우웅.

오랜 시간 거력신마와 함께 해온 태산도(泰山刀)에게 말을 걸자 마치 대답이라도 하려는 듯 태산도가 낮게 울 음을 토해낸다.

그 모습에 웃던 거력신마의 시선이 숲으로 향한다.

"이제야 왔군."

말이 끝나기 무섭게 붉고, 흰 무복을 입은 자들이 동시 모습을 드러낸다.

"내가 바로 거력신마다! 이곳을 오르기 위해선 날 상대 해야 할 것이다!"

호탕하게 외치며 태산도를 가볍게 들어 어깨에 걸치는 그.

그것을 보고 있던 적영과 백영이 거의 동시 앞으로 나 섰다.

"이 정도는 내가 해도 되겠지?"

"그러기 싫다면?"

"호호, 어차피 더 큰 대물은 저 위에 있잖아? 이 정도는 나눠도 될 거라고 생각하는데?"

백영의 말에 적영은 잠시 고민하다 고개를 끄덕이며 뒤로 물러섰다.

　그의 말처럼 이 위에는 천기자가 있는 것으로 파악되고 있었다. 그렇다면 거력신마 정도는 그에게 내주어도 무방한 일이었다.

　반대로 천기자가 이곳을 벗어난다면 거력신마를 잡은 백영의 공이 크게 치하될 것이지만, 이곳에서 천기자를 잡을 수 있다는 자신감이 적영에겐 있었다.

　그 모습에 백영은 피식 웃으며 좀 더 앞으로 나섰다.

　"흐흥, 아쉽지만 어쩔 수 없는 일이지. 앞으로 해야 할 일은 아직도 많이 남아 있으니까."

　어찌 백영이라고 해서 욕심이 없겠는가.

　다만, 자신의 욕심만 챙기기엔 눈앞의 상대가 너무 거물이라는 것이 문제였다.

　게다가 더 큰 거물도 위에서 기다리고 있었고 말이다.

　그 과정에서 어떤 피해를 입을 것인지 예측할 수 없으니, 차라리 챙길 수 있을 때 적절한 공을 챙기고 만약의 경우 이곳을 벗어나 버릴 계획이었다.

　아무리 큰 대어를 눈앞에 두고서라지만 굳이 함께 할 필요는 없으니 말이다.

　"호? 나를 상대로 혼자? 그 선택 후회하지 않겠나?"

"호홍! 후회할 것이라면 애초 이 자리에 나서지 않았지요. 인사드리지요… 백영이라 합니다."

고개를 숙여 인사를 하는 백영.

그 기괴하고 거북한 목소리에 거력신마의 얼굴이 잠시 찌푸려졌지만 그뿐이었다.

오랜 무림생활을 하며 백영과 같은 자들을 몇번 보았기 때문이다. 그리고 그런 자들의 대부분은 비슷한 계열의 무공을 익히고 있었다.

"규화보전(硅華寶典)이냐?"

"호호, 알아보시는 군요. 하지만… 진정한 규화보전을 익힌 것은 오직 저 뿐이랍니다. 오늘 그 진면목을 보여드리지요."

요염한 미소를 지으며 말하는 놈을 보며 거력신마는 웃으며 자세를 낮춰간다.

규화보전은 황제를 최측근에서 보필하는 내시들을 위한 무공이다.

극음의 무공으로 오직 남자만이 익힐 수 있는 것으로 사내의 자존심이라 할 수 있는 양물을 제거한 자만이 익힐 자격을 가질 수 있는 무공이었다.

양물이 없다고 해서 반드시 익힐 수 있는 무공이 아닌 것이다.

어떤 무공도 마찬가지겠지만 규화보전은 막대한 노력과 고생 끝에 익힐 수 있는 무공이었다.

그 괴랄함 덕분에 무림에서도 항상 수위에 꼽히는 무공이었다.

하지만 일단 완성할 수만 있다면 천하에 적수를 찾을 수 없는 강력한 무공임은 확실했다.

"제대로 된 규화보전이라… 이제까지 너 같은 놈들을 몇 만났지만 그때마다 같은 소리를 하더군. 하지만 이제까지 제대로 된 녀석을 본적이 없어. 자네는 기대를 좀 해도 되겠는가?"

"호홍, 충분할 만큼 만족시켜 드리지요!"

팟!

말이 끝나기 무섭게 달려드는 백영.

어느새 그의 두 손에 자색 기운이 머문다.

"허허, 그럼 오랜만에 놀아볼까?"

우둑, 우두둑!

웃으며 검을 치켜드는 거력신마의 몸이 일순 크게 부풀어 오르더니 온 몸의 근육이 살아있는 것처럼 움직인다.

그러는 사이 다가선 백영의 손이 팔자를 그리며 움직이더니 순식간에 거력신마의 사방을 포위하며 장법이 날아든다.

보랏빛 장법의 빗속에도 거력신마는 태연함을 잃지 않고 크게 숨을 들이쉬더니 모든 힘을 끌어 모아 태산도를 휘둘렀다.

"크아앗!"

쩌저정!

귀를 찌르는 날카로운 소리와 함께 사라지는 보랏빛 장법! 그와 함께 거력신마의 몸이 움직인다.

육중해 보이는 것과 달리 순식간에 백영을 향해 접근한 그는 굳이 태산도를 휘두를 것도 없이 어깨로 그에게 부딪쳐 나간다.

지금의 거력신마는 몸 전체가 병기라 해도 부족함이 없었다.

"흥!"

코웃음과 함께 가벼운 몸놀림으로 공격을 피해내는 백영.

그 역시 이 정도는 미리 대비하고 있었다는 듯 가볍게 공격을 피해내곤 허리띠를 매만진다.

좌라락!

순식간에 펼쳐지는 검!

"하! 연검이라! 좋아! 해보자!"

"제대로 된 맛을 보여드리지요!"

70

콰콰콰!

두 사람의 격돌에 순식간에 엉망이 되어가는 숲.

비산하는 기의 파편에 맞기라도 했다간 자칫 죽을 수도 있는 상황이었기에 자연스럽게 모두가 뒤로 물러선다.

백영이 거력신마를 붙들고 있는 동안 길을 올라설 수도 있었지만 누구도 그러지 않았다.

그가 거력신마를 제압 할 수 있을 것이란 확신이 있기 때문이었다.

"크하하하! 좋구나! 좋아!"

문제가 있다면 거력신마가 자신들이 예상했던 것보다 더 날뛰고 있다는 것이었지만.

연신 태산도를 휘두르며 다가서는 거력신마를 막아내기 위해 백영은 자신의 빠른 발을 최대한 이용해야 했다.

자신이 가진 연검으로 저 무식한 도를 마주한다는 것은 아무리 검에 내공을 불어 넣는다 하더라도 어려운 일인 것이다.

쩌엉!

우연히 라도 서로의 무기가 부딪칠 때는 손목에서부터 강렬한 통증이 느껴질 정도다.

적어도 힘으론 백영이 거력신마를 제압한다는 것이 불가능한 일이었다.

"호호호! 이제 제대로 놀아볼까요?"

마치 이제까지 재미있게 놀았다는 듯 말하며 일순 뒤로 물러선 그의 전신에서 파괴적인 기운이 물씬 풍기기 시작했다.

자색의 기운이 눈에 보일 정도로 물씬 거리는 모습에 거력신마는 겉으로 코웃음을 쳤지만 속으론 크게 긴장했다.

'할 수 있는 전력을 다하고서도 상처하나 낼 수 없다니… 놈은 괴물들을 만들어냈구나. 하지만… 우리의 제자 역시 괴물이니 훗날 놀랄 녀석의 얼굴이 훤하구나.'

"클클클, 불알도 없는 놈이 입 놀리는 솜씨는 제법이로구나! 진정한 사내라면 입이 아니라 힘으로 말하는 것이다!"

"호… 호호호. 죽음을 재촉하신다면야."

싸늘해진 백영의 말투.

남자의 상징이라 할 수 있는 물건이 없는 그에겐 거력신마의 말은 결코 건드려선 안 되는 것이었다.

우우웅.

백영의 몸 주변의 기운이 떨리며 나는 기묘한 소리가 그가 필살의 의지를 가졌음을 말해준다.

쾅-!

거력신마는 자신의 다리를 땅에 박아 넣으며 놈의 공
격을 막아낼 준비를 마쳤고, 그 순간을 기다렸다는 듯 백
영이 달려들었다.

"죽엇!"

쿠오오오!

자색의 기운에 크게 물든 백영의 연검이 크게 휘둘러
지며 어마어마한 크기의 강기가 파도처럼 거력신마를 향
해 날아간다.

"강기라… 내가 본 불알 없는 놈들 중에 그래도 제일
쓸 만하구나. 허나!"

우직!

태산도를 우악스럽게 쥔 손에서 피가 흐른다.

몸 안의 모든 기운을 격발시켜 태산도로 집중시킨 거
력신마.

하늘 높이 치켜든 그의 도가 일직선으로 떨어져 내린
다!

콰쾅-!

우르릉!

굉음과 함께 석산 전체가 흔들리는 큰 진동에 천기자의
얼굴이 잠시 일그러졌지만 곧 침착하게 전방을 바라본다.

이곳 석산에 마련된 천기자의 함정은 모두 셋.

첫째가 기관으로 이루어진 거대한 규모의 함정이다. 석산을 중심으로 큰 원을 그리며 만들어진 기관은 천기자의 모든 역량이 투입되었고 해도 과언이 아니었다.

진천뢰가 아니었다면 그 누가 온다하더라도 쉽게 돌파할 수 없는 기관이었다.

둘째가 독(毒)이었다.

석산을 오르기 위해선 긴 나선형의 외길을 걸어 올라와야만 하는 데 그곳에 눈에 보이지도 않을 작은 구멍을 통해 독연을 흘려보내는 것이다.

무색무취(無色無臭)의 독이기에 어지간히 독에 통달하지 않고선 결코 알아챌 수 없는 것이었다.

그렇다고 해서 이 독이 목숨을 빼앗을 정도로 강력한 종류의 것은 아니었다.

뱀에서 뽑아낸 독의 일종으로 내공을 일정량 이상 끌어올리면 몸을 일시적으로 마비시키거나, 움직임을 늦추는 정도밖에 되지 않았다.

마지막 세 번째로 준비한 것은 화약이었다.

석산 전체를 날려버릴 정도로 강력한!

파바밧!

빠른 속도로 외길을 뚫고 올라오는 놈들의 모습을 보

며 천기자는 웃었다.

이제 마지막이 다가오고 있었다.

"우웩!"

구역질을 하자 죽은피가 한 가득 흘러나온다.

중간 중간 내장 조각이 보이는 것이 결코 오래 살기는
틀린 것 같았다.

이미 목숨을 버리기로 마음먹은 거력신마이기에 그것
을 보며 쓰게 웃곤 멀쩡히 서 있는 백영을 바라본다.

멀쩡한 것 같은 백영.

하지만 그의 몸 상태 역시 말이 아니었다.

내부가 진탕 뒤흔들려 최소 몇 개월은 요양만 해야 할
정도로 기혈이 뒤틀려 있었다.

"크흐… 제법이었다. 설마 이 거력신마가 불알도 없는
놈에게 죽임을 당할 줄이야. 크흐흐…!"

"……."

주륵-.

뭐라 말을 하려던 백영은 입을 급히 다물었다.

하지만 입가로 흐르는 피를 감출 순 없었다.

그것을 보며 거력신마는 피식 웃으며 하늘을. 석산의
정상을 바라본다.

"그래도 즐거운 인생이었수, 형님."

스르륵.

눈을 감는 거력신마.

더 이상 움직이지 않는다.

그는 자리에 선 채 죽은 것이다. 그것은 그의 마지막 자존심이었다.

일단의 적의 꼬리가 보이자 천기자는 주저 없이 품에서 마지막 단검을 꺼내어 마지막 자리에 꽂아 넣었다.

철컥!

쿠구구…!

단검이 자리를 찾음과 동시 낮게 흔들리기 시작하는 석산.

"나머지는… 하늘에서 지켜보도록 할까."

하늘을 바라보는 천기자의 시선이 쓰게 느껴진다.

천기자가 방을 나간 뒤 멍하니 있던 태현은 곧 움직이기 시작했다.

사부의 지시이니 만큼 탈출할 곳에는 이미 자신을 위한 모든 것이 마련되어 있을 것이니 이곳에서 가져가야 할 것은 많지 않았다.

순식간에 필요한 것을 챙긴 태현.

쿠쿵, 쿠웅—.

뒤흔들리는 석산.

으득!

당장이라도 밖으로 뛰쳐나가고 싶은 마음을 이를 악물며 다독인 그는 빠르게 동굴의 가장 깊은 곳으로 향한다.

마지막을 각오한 사부들인 만큼 자신이 계속 남아있는 것은 되려 걱정을 끼치는 것이나 마찬가지다.

그것을 알기에 태현은 이를 악물고 당장이라도 떨어질 것 같은 눈물을 참아내었다.

동굴의 가장 깊은 곳에는 평소 식수로 사용하는 작은 연못이 있었다.

사방 크기가 겨우 1장도 되지 않는 작은 곳이지만 그 깊이가 얼마나 되는 것인지 상상도 할 수 없을 정도로 깊고, 투명했다.

부욱!

벽에 걸린 가죽 주머니를 가득 펼쳐 공기를 꽉 묶은 뒤 물에 던진다.

평소라면 물을 가득 채웠을 것이지만 이렇게 쓰고 보니 사부들은 이런 상황까지 미리 예측을 했던 것임이 분명했다.

두 개의 가죽 주머니에 공기를 가득 채워 물에 띄운 태현은 뒤를 돌아 사부가 있는 곳을 향해 천천히.

아주 천천히 절을 올렸다.

정성스럽게. 최선을 다해.

"반드시… 반드시 사부님들의 원을 풀어 드리겠습니다."

으득!

입술을 곱씹으며 마지막 구배를 올리고 일어선 태현은 곧장 연못을 향해 뛰어들었다.

첨벙!

순식간에 가죽 주머니 두개를 가지고 연못 바닥까지 내려가는 그.

손에 든 가죽 주머니 때문에 당장 떠오를 것 같지만 천근추와 수공을 적절히 이용하여 바닥에 착지한다.

그곳에 내려서고 나서야 어둡고 긴 동굴 하나가 모습을 드러낸다.

참고 있는 숨이 다되기 전 태현은 곧장 그곳으로 몸을 넣었다.

그 순간.

콰콰콰ㅡ!

평온한 것만 같던 물살이 일순 거칠어지더니 순식간에

어둠 속으로 태현을 잡아끌었다.

'큭! 어마어마한 수압이다!'

입고 있는 옷이 연신 찢겨 나갈 정도로 강력한 물살 속에서도 태현은 정신을 잃지 않고 앞만 바라본다.

이런 물살 속에선 수공도 아무런 도움이 되지 못한다.

최대한 내공으로 몸을 보호하는 것 이외엔 할 수 있는 것이라곤 없었다.

바로 그때였다.

콰콰쾅! 콰르릉-!

물속에 있음에도 불구하고 고막을 찢을 것 같은 굉음과 함께 그가 지나온 통로가 빠른 속도로 무너지기 시작했다.

아니, 지나가는 와중에도 빠른 속도로 무너지기 시작해서 곳곳에서 떨어져 내리는 돌들이 몸을 부딪쳐 온다.

아득한 고통이 느껴지지만 그것보다 먼저 눈물이 흘러내린다.

흐르는 물살에 금방 씻겨 가버렸기에 태현은 울었다.

마음속으로 크게.

第3章.

亂劍武林 난검두림

第 3 章.

"크헉!"

촤악!

비명과도 같은 소리와 함께 물 밑에서 올라온 것은 태현이었다.

온 몸이 물에 퉁퉁 불어있는 태현의 몸.

제대로 된 숨을 쉬지 못해 보랏빛으로 질려 있던 그의 얼굴과 몸은 한 참의 시간이 지나고 나서야 원래의 빛을 찾는다.

"허억, 헉!"

공기를 가득 채운 가죽 주머니를 두 개나 준비를 했음

에도 불구하고 수로를 통과하는 것은 어려운 일이었다.

만약 밖으로 나오는 것이 조금만 늦었다면 아무것도 하지 못하고 죽을 뻔했다.

그렇게 한참을 누워 휴식을 취한 태현은 몸이 정상으로 돌아오고 나서야 자리에서 일어섰다.

"동굴… 인가?"

콰아아―!

밖에서 들리는 세찬 물소리도 그제야 인식을 한 태현.

폭포수의 뒤편에 만들어진 동굴인 덕분에 그리 어둡지 않은 데다, 다른 사람들의 눈을 어렵지 않게 피할 수 있는 곳이었다.

크진 않지만 곳곳에 사람의 흔적이 남아 있는 것이 천기자가 이곳을 직접 만들었음을 태현은 알 수 있었다.

주변을 둘러보자 곧 동굴의 벽 한쪽을 깎아 만든 곳에 놓인 함이 보인다.

언제 만든 것인지 이끼가 가득 끼어 있는 함을 주저 없이 열어보는 태현.

달칵.

그곳엔 백색의 무복 한 벌과 얇은 책 하나가 놓여 있었다.

즉시 새 옷으로 갈아입는 태현.

84

언제 준비해둔 것인지 알 수 없지만 무복은 새것임에
도 불구하고 약간 낡아 있었다. 게다가 태현에게 조금 컸
다.

남아 있는 책은… 사부들의 편지였다.

이것을 네가 보고 있다는 것은 놈들이 우리를 찾아내
었다는 뜻이겠지.

우리의 죽음을 슬퍼하지 말아라.

본래 오래 전에 죽었어야 하는 우리들이었으나 너와의
인연을 계기로 하여 어렵게 명줄을 붙들고 있었을 뿐이
니.

생명이 있는 것이라면 예외 없이 마지막에 도착하는
곳은 죽음이니, 될 수 있다면 천천히 오너라.

말이 길어졌구나.

지금부터 왜 우리가 너를 가르쳤고, 앞으로 네가 무엇
을 해야 할 것인지 알려주마.

이미 알고 있겠지만 우리는 과거 칠성좌로 불렸었다.

하지만 한 명의 배신은 우리를 크게 상처 입게 만들었
으며, 무림에 큰 화를 남기게 되었다.

일권무적(一拳無敵) 황여의.

아니, 그렇게 불렸던 자다.

그의 이름이 진짜 황여의인 것인지 조차 불확실하다.

다만 확실한 것은 그가 우리 모두를 능가하는 고수이며, 암중에 무림을 손에 넣을 준비를 하고 있다는 것이다.

오랜 시간 놈에게서 피해다닐 때 만난 것이 너이다.

너라면… 놈을 막아내고 우리의 억울함을 풀어 줄 수 있을 것이라 믿었다. 그렇기에 우리 여섯의 무공을 한데 엮어 네게 가르친 것이다.

네가 있는 곳에서 북쪽으로 백리를 움직이면 죽림(竹林)이 존재한다. 그곳에 가면 네게 가르침을 내릴 무영풍(無影風) 달현이 기다리고 있을 것이다.

네가 잘 되길 이 사부는 하늘에서 지켜보고 있겠다.

천기자의 기나긴 편지.

그것을 가슴에 안고 태현은 울었다.

입에서 나온 소리는 폭포의 굉음에 금방 사라진다.

"으아아아!"

그렇게 한참 울고 다시 서책을 넘겼을 때, 그곳엔 거력신마의 한 마디가 적혀 있었다.

난 별로 할 말이 없다.

하지만… 아무리 해도 마음에 걸리는 것이 있다.

그것은 내가 떠나며 그 맥이 끊어져버린 천력신공(天力神功)이다. 놈들의 손길에서 아직도 본가의 사람들이 남아 있다면 부디 전해주길 바란다.

천력신공은 함을 부수면 나올 것이다.

마지막 소식을 들은 곳이 개봉이니… 부탁한다.

천력신공을 천력파가(天力杷家)에 전달해다오.

거력신마의 말은 무척이나 짧았다.

즉시 함을 부수자 과연 그 안에서 양피지로 만들어진 낡은 무공서가 나온다.

그것을 조심스레 들어 품에 넣는 태현.

천력신공은 외공으론 천하제일로 불리는 무공이지만 태현은 욕심부리지 않았다.

아니, 그럴 필요가 없었다.

이미 자신이 배운 가르침에는 거력신마의 모든 것이 녹아들어 있기 때문이다.

"반드시 약속을 지키겠습니다."

다시 한 번 다짐을 한 태현은 곧장 폭포 밖으로 나가 빠른 속도로 북쪽을 향해 움직이기 시작했다.

폭포가 있던 곳에서 죽림까지는 거의 일직선으로 달렸다. 워낙 한적한 곳에 있는 곳이라 그런 것인지 움직이는 동안 사람이라곤 누구도 볼 수 없었다.

아니, 관도 자체에서 크게 멀어져있는 것 같았다.

그렇게 반 시진 정도를 달린 끝에 태현은 죽림에 도착할 수 있었다.

"흐음… 너무 넓은데?"

이 안에서 어떻게 또 한 명의 사부인 무영풍을 찾을 수 있을 것인지 걱정이 될 정도로 죽림은 넓었다.

당장 눈에 보이는 끝까지 대나무가 자라나 있을 정도로 거대한 숲을 이루고 있었다.

대나무 숲은 사방이 분간되지 않기 때문에 자칫 길을 잃기 쉬운 곳이라 제 아무리 숙련된 약초꾼이나 사냥꾼이라 하더라도 쉬이 발을 들이지 않는다.

그것은 무림인이라고 해서 다를 것이 없다.

경공에 실력이 있는 사람이라면 대나무 위로 올라가 살피면 될 일이지만, 그렇지 않은 자들은 직선으로 달리는 방법 이외엔 다른 방법이 없는 것이다.

무림인이 그럴 지언데 일반인이라면 천운이 닿지 않고서야 죽는 수밖에 없다.

그렇게 한참을 밖에서 죽림을 살피던 태현은 긴 한숨

과 함께 무작정 죽림 안으로 들어간다.

"몸으로 때우는 수밖에 없겠지."

죽림 안쪽으로 들어서자 태현은 벌어지는 입을 다물 수 없었는데, 대나무 하나하나의 굵기가 엄청났던 것이다.

여기에 엄청난 숫자의 대나무가 하늘 높이 향하며 정작 숲 안에는 빛이 거의 들지 않아 어둡기 그지없었다.

내공을 눈에 집중하고 나서야 사방을 분간 할 수 있었다.

그렇게 한참을 움직이던 태현이 돌연 발을 멈춘다.

'진법인가?'

처음 이상하다고 생각했던 것은 숲에 들어선지 반 시진이 지났을 때였다.

제법 빠른 걸음으로 움직였는데도 불구하고 숲의 모습이 변하질 않았던 것이다.

아무리 죽림이 사방을 분간하기 쉽지 않다곤 하지만, 자연의 숲인 이상 어느 정도 달라야 하는 것이 사실이다.

그런데 이 숲은 마치 제자리를 도는 것처럼 사방을 분간하기 너무나 어려웠다.

"쯧… 한 시진이나 걷고 나서야 눈치채다니, 나도 멀었군."

자신의 머리를 툭 때리곤 곧장 주변을 살피는 태현.

하지만 어디에서도 진법의 흔적은 보이질 않는다.

"역시… 대나무를 매개로 진법을 펼친 것이로구나. 이런 숲이라면 구분을 할 수도 없겠지. 귀찮게 되었는데…."

무작정 대나무를 베어버리는 방법도 있지만, 진법에 따라 자칫 더 큰 문제로 발전 할 수도 있다는 사실을 천기자에게 배웠던 태현은 잘 알고 있었다.

허나, 반대로 그런 방법을 쓰지 않고서 진법을 해체 하거나 통과하는 방법 역시 배운 그였다.

츠츠츠…!

내공을 끌어 올리자 하얀 기운이 그의 몸을 금세 뒤 덮는다.

일부러 눈에 보이게 만든 것이다.

그리곤 몸 주변으로 천천히 흘려보낸다.

작은 바람에도 흔들리며 서서히 멀어지던 기운이 어느 순간 꽉 막힌 채 움직이질 않는다.

그것은 거대한 벽처럼 느껴져서 기운을 집중 시켜도 그곳을 넘어서질 못하고 있었다.

"어디…."

그곳에 직접 접근하여 손을 넣어 기운을 감지하던 도현의 입 꼬리가 서서히 올라간다.

"천라미로환영진이었구나. 같은 진법을 어떻게 구성하느냐에 따라 이렇게 다르다니… 역시 사부님이시다."

태현을 막고 있던 것은 바로 석산 인근에 펼쳐져 있던 천라미로환영진이었다.

진법을 펼치는 매개가 달라짐에 따라 그 기운 역시 달라져서 태현이 금방 알아차릴 수 없었던 것이다.

천기자에게 진법에 대한 것을 배우긴 했지만 그 배움이 얕아 금방 알아차리기엔 어려웠던 것이다.

아무래도 무공을 위주로 배우다 보니 어쩔 수 없는 일이었다.

그렇게 천라미로환영진이라는 것을 알아차린 태현은 금세 길을 찾아내 숲 앞으로 움직이기 시작했다.

천라미로환영진이 본격적으로 발동되었다면 제 아무리 태현이라 하더라도 이곳을 들어갈 수 없었겠지만, 다행이 그러지 않았기에 어렵지 않게 생문을 찾아 안으로 들어 갈 수 있었다.

그렇게 한참을 움직이던 태현이 진법을 벗어나는 순간 크지 않은 분지가 모습을 드러낸다.

쏴아아-.

불어오는 바람에 대나무들이 흔들리며 특유의 청아한 소리를 흘려 낼 때 태현의 시선은 저 멀리 존재하는 집 한 채로 향해 있었다.

굴뚝에서 연기가 솔솔 흘러나오고, 코끝에 스치는 고소한 냄새가 집에서 밥을 하고 있음을 알려온다.

"뭘 하는 것이냐. 들어왔으면 냉큼 오질 않고."

마치 기다렸다는 듯 들려오는 목소리.

크지 않았지만 정확히 들려오는 목소리에 태현은 금세 몸을 정갈하게 갖추곤 집을 향해 움직였다.

작은 집 앞에 대나무로 만든 평상 위에 노인이 앉아 있었다.

괴팍한 얼굴 인상을 지니고 있으며 호리호리한 체격.

유난히 긴 팔과 잃어버린 다리 하나.

왼 무릎에서부터 완전히 사라져 버린 그의 왼다리를 태현이 잠시 바라보자 노인은 웃으며 말했다.

"클클, 그날 잃어버렸던 다리다. 어디 이런 것이 나쁜 이더냐. 앉아라. 밥이나 먹고 이야기하자."

그 말과 함께 연기처럼 사라지는 노인.

움찔 놀라면서도 태현은 어찌할지 몰라 평상 앞에서 서 있었다.

"고놈 참. 앉아 있어라! 첫날부터 부려 먹진 않을 테
니!"

다시 한 번 들려오는 목소리에 그제야 태현은 평상 위
에 앉을 수 있었다.

잠시 뒤 노인이 밥상을 가지고 등장했다.

고슬고슬하게 잘 지어진 밥과 간단한 찬이 전부였지만
노인은 평상에 놓자마자 맛있게 먹어치운다.

"뭘 보고만 있는 게냐! 먹어라. 음식은 따뜻할 때 먹어
야 제 맛이 느껴지는 법이야."

"알겠습니다. 그럼."

고개를 숙인 뒤 태현 역시 밥숟갈을 움직인다.

그러고 보니 석산을 빠져 나온 뒤 물 이외에 음식을 접
한 적인 단 한 번도 없다보니, 일단 입에 음식이 들어가자
멈출 줄 몰랐다.

"클클, 잘 먹는구나. 그래, 그게 좋은 것이지."

그제야 웃으며 노인은 함께 숟갈을 든다.

식사가 끝난 후 대나무 잎을 우려낸 차까지 마시고 나
서야 노인은 태현을 마주하며 입을 열었다.

"형님께 이미 들어 알고 있겠지만 난 과거 무영풍이란
별호로 불렸던 자다. 네가 이곳에 왔다는 것은 석산이 무

너졌다는 것이겠지."

"…예."

"슬퍼할 것 없다. 언제고 이런 순간이 올 것이라 다들 생각하고 있었으니까. 지금까지 그 순간이 미뤄진 것만 하더라도 고마운 일이다. 나도 그렇고 앞으로 네가 만날 다른 형제들도 그렇지만 네게 더 가르칠 것은 그리 없을 것이다. 이미 네가 익힌 무공에 우리의 모든 것이 녹아들 었음이니. 해줄 수 있는 것이라곤 그 길을 다시 짚어주고, 다듬어 주는 것뿐이겠지."

"가르침을 주십시오."

어느새 무릎을 꿇고 허리를 숙이는 태현을 보며 무영 풍은 피식 웃으며 손사래를 친다.

"네가 아니면 배울 사람도 없는 무공이다. 하지만 하나만 약속해다오. 언젠가 모든 일이 끝났을 때 적당한 아이가 보인다면 내 무공을 전수해다오. 내 대에서 맥이 끊어지는 것은 볼 수 없음이니."

무영풍의 부탁에 태현은 말없이 자리에서 일어나 구배지례를 그에게 올린다.

그 모습에 무영풍은 크게 웃으며 태현의 구배를 받았다.

대답은 하지 않았지만 행동으로서 그러겠노라 태현은

말하고 있는 것이다.

"무영천리공(無影千里功)은 무림제일의 경공이다. 극성으로 익힌다면 그것이 누구라 하더라도 그 흔적을 발견하지 못할 것이고, 그 빠르기는 바람보다 빠르다. 앞으로 밥 먹고, 자는 시간을 제외하곤 죽림을 뛰어다녀라. 전력을 다해 뛸 수 있을 때까지 움직여야 할 것이다. 죽림 곳곳에 모두 여덟 개의 표식이 있음이니 그것을 확인하고 와야 한다. 목표는 일 다경 안에 모든 표식을 확인하는 것이다."

무영풍은 직접 가르치질 않았다.

하지만 그에게 수련 방법을 가르쳐 주었다.

단순히 죽림을 뛰어다니는 것뿐이기에 태현은 처음엔 어렵지 않게 생각했다.

하지만 그것이 착각이란 것을 깨닫는 것은 집을 떠난 지 얼마 되지 않아서였다.

어지럽게 자란 대나무를 무시하고 달린다는 것이 얼마나 어려운 일인지 금세 알아차린 것이다.

규칙도 없는 숲이다 보니, 움직이는 데에도 제한이 있을 뿐더러 표식이 어디에 있는지도 찾아야 하니 그 움직임은 제한 될 수밖에 없었다.

"헉, 헉! 이런 숲을 전력으로…?"

마침내 첫 번째 표식을 찾은 태현은 아득한 눈으로 자신이 달려온 길을 바라본다.

직선으로 두 발 이상 걸을 수 없을 정도로 빽빽한 대나무 숲.

"후… 할 수 있는 일이니 사부님께서 시키셨겠지. 그래, 해보자."

자신을 다독인 태현은 또 다른 표식을 찾아 다시 죽림을 헤매기 시작했다.

결국 여덟 개의 표식을 전부 확인하고 돌아오는데 걸린 시간은 무려 세 시진이었다.

세 시진이나 걸린 일을 일 다향 안에 끝내야 한다?

무림 최고수가 온다 하더라도 결코 쉬운 일이 아니었지만 태현은 포기 하지 않고 다시 처음부터 시작했다.

그 모습을 보며 무영풍은 평상 위에 앉아 웃으며 지켜볼 뿐이었다.

'처음 움직이는데도 겨우 세 시진이라? 클클, 큰 형님께서 물건이라 하더니 진짜로구나. 죽림의 거의 끝에 팔방으로 설치된 표식을 오가려면 무림 누가 온다 하더라도 족히 이틀은 걸릴 것을.'

말은 하지 않았지만 무영풍은 내심 크게 놀란 상태였다.

직접 설치한 표식이니 만큼 그 넓이가 얼마나 방대한 것인지에 대해선 누구보다 그가 잘 알고 있었다.

이 집을 중심으로 팔방에 설치된 표식은 일렬로 늘어 놓는다면 그 길이만 하더라도 어마어마한 것이다.

평지에서 달린다 하더라도 꽤 걸릴 것을 처음 가본 녀석이 겨우 세 시진 만에 성공했음이니 놀라지 않을 수 없었다.

'큰 형님께서 우리의 무공을 하나로 엮어 녀석에게 전달했으니 더 이상 가르칠 것은 없다. 내가 할 수 있는 것은 담금질뿐이겠지. 하지만 보아하니… 그것조차도 그리 오래 걸리지 않겠구나.'

무영풍은 태현과 함께 할 수 있는 시간이 그리 길지 않을 것임을 단번에 알 수 있었다.

과거 큰 형님인 천기자가 말했었다.

놈에게 제대로 한방 먹일 수 있는 기재를 찾았다고.

'큰 형님. 형님의 말씀은 틀리지 않았었던 모양이오. 먼저 간 하늘에서 지켜보고 계시오. 나도 곧 따라 갈 터이니.'

욱씬!

순간 극렬한 고통에 이를 악무는 무영풍.

입에서 검은 피가 흘러내린다.

"클클… 늦지 않게 녀석을 본 것이 행운이로고. 밥이나 다시 해볼까?"

그의 신형이 부엌으로 향한다.

타닷. 탓!

발의 움직임이 가볍다.

뿐만 아니라 상체는 연신 전후좌우로 쉴 새 없이 움직이고 있었는데, 그러면서도 발은 정확히 앞으로 향한다.

물 흐르듯 부드러우면서도 바람처럼 자유롭다.

'이것이 무영천리공의 진정한 묘리구나. 석산에서의 수련만으론 결코 알 수 없었을 것이다.'

죽림을 뛰어다니기 시작한 지도 한 달.

이젠 서서히 어떻게 움직여야 하는 것인지 완벽하게 감을 잡은 태현이었다.

그 경이적인 성장 속도에 무영풍이 헛웃음을 터트릴 정도였다.

"흠… 반시진 정도인가."

마지막으로 집으로 돌아와 시간을 확인한 태현이 고개를 끄덕인다.

처음엔 무척이나 어려웠지만 잠자는 시간까지 줄여가

며 노력을 한 끝에 이젠 많은 것이 익숙해져 있었다.

단순히 무영천리공에 익숙해진 것이 아니었다.

오랜 시간 배워온 무공의 제대로 된 사용처를 알게 된 것이 태현에게 있어 가장 큰 성과였다.

정확히는 무영천리공이 아니었지만 어쨌거나 자신이 배운 무공 안에 무영천리공이 녹아들어 있다는 것은 부정할 수 없는 사실이다.

그날 저녁.

두 사람이 식사를 마친 후 마주 앉았다.

"이젠 좀 익숙해 졌느냐?"

"예. 앞으로 한달 정도면 목표한 시간 안에 성공 할 수 있을 것 같습니다."

"흐음… 한 달이라."

태현의 말에 얼굴을 찌푸리는 무영풍.

잠시 고민하던 그가 입을 열었다.

"우리가 왜 네게 우리의 모든 것을 전수했는지 알고 있느냐?"

"천기자 사부님께 어느 정도 들어서 알고 있습니다."

"다행이구나. 큰 형님과 거력신마 형님의 뜻이 어떤지 알 수 없으나 나는 네가 복수에 크게 집착 할 필요는 없다고 생각한다. 나이가 들고 죽음을 앞두고 보니 복수라는 이름의 집념을 굳이 후대에 물려줄 필요가 없다고 생각되더구나."

"천기자 사부님 역시 그런 말씀을 하셨습니다. 제게 모든 것을 맡기신다고."

"그래, 그렇구나."

태현의 말에 천기자를 떠올린 것인지 편안한 미소를 짓는 그.

하지만 그도 잠시 곧 딱딱한 얼굴로 본론을 꺼냈다.

"놈은 위험한 놈이다. 우리와 함께 움직이며 우리의 모든 것을 흡수하고 익힌 놈이다. 그 결과 괴물 같은 능력을 손에 넣게 되었지. 놈은 위험하고 악한 놈이다. 녀석이 무림에 나서게 되면 놈을 막을 수 있는 사람은 누구도 없을 것이다."

"저 역시 그렇게 들었습니다. 허나, 무림에는 수도 없이 많은 무림인이 있다고 들었습니다. 그들 중 한 사람도 그를 막을 수 없겠습니까?"

태현의 물음에 무영풍은 크게 웃었다.

"클클클! 아직 세상 물정을 모르는구나. 무림인들은 각자 보는 방향이 다르다. 다시 말해 추구하는 방향이 다르니 하나로 뭉치는 것이 크게 힘들다는 것이지. 놈이 세상에 나오면 놈을 추종하는 자들 역시 대단히 많이 나오게 될 것이야. 무림 전체가 얽히는 싸움이 되는 것이지. 뿐만이냐? 아까도 말했지만 놈의 능력은 뛰어나다. 모든 것을 숨기고 우리와 함께 했을 정도로 말이다."

"허면 저는 그를 막아야 합니까?"

"그렇게 해도 좋고, 무림과 연관 없이 살아도 좋을 것이다. 다만 무림에 나서야 한다면 제대로 하는 것이 좋을 것이야. 놈을 막기 위해선 너 혼자만 노력한다고 해서 될 일이 아니다. 최대한 많은 사람을 만나고 진정 믿을 수 있는 동료를 찾아야지. 그들이 곧 네 힘이 될 것이니."

"믿을 수 있는 동료⋯ 천기자 사부님 역시 말씀하셨습니다. 많은 사람을 만나고, 많은 것을 경험해보라고. 그리하면 진심으로 날 위하는 자들을 만날 수 있을 것이라 하셨습니다."

"클클클! 틀린 말이 아니지. 우리 역시 그렇게 만났던 인연이니까. 쿨럭!"

말을 하던 도중 기침을 크게 하는 무영풍.

한 번 시작된 기침은 멈추지 않고 연신 계속된다.

"쿨럭, 쿨럭!"

"사부님!"

입으로 피를 토하는 무영풍을 보며 재빨리 깨끗한 천

을 찾아다 건네는 태현.

그것으로 입을 막고서도 한참을 기침을 한 끝에 무영풍은 편하게 숨을 쉴 수 있었다.

"후우… 이제 끝이 오는가."

깨끗하던 천이 붉다 못해 검게 물들어 있었다.

"괜찮으십니까?"

"클클, 죽을 때가 되어 그런 것이지. 저기 옷장 안에 보면 작은 목함이 있을 것이다."

무영풍의 말에 재빨리 목함을 가져오는 태현.

그것을 열자 청아한 향과 함께 하나 밖에 남지 않은 단환이 보인다.

떨리는 손으로 즉시 집어 삼키는 그.

두 눈을 감은 채 미동도 없던 그가 한참 만에 눈을 떴다.

"후우… 놀랐느냐?"

"놀라지 않을 사람이 어디에 있겠습니까?"

눈을 크게 뜨고 반문하는 태현을 보며 무영풍은 쓰게 웃었다.

"방금 먹은 약은 큰 형님께서 만들어주신 약으로 내 목숨을 근근이 이어주던 것이다. 다행이 그동안은 약의 기운으로 버틸 수 있었지만, 이젠 그것도 끝이구나."

"허면 약을 만들면 되지 않습니까?"

"클클, 약이 있다 하더라도 더 살기는 틀렸다. 그렇지 않아도 근근이 붙들고 있던 목숨이지 않더냐."

"사부님….."

"그렇게 쳐다볼 것 없다. 언제고 떠나야 할 길이니. 그 래도 난 운이 좋은 편이다. 네 성장을 이렇게 확인하고 갈 수 있으니. 앞으로 네가 만나야 할 형제들 중에는 이미 명 을 달리한 자들도 있을 것이다."

태현은 고개를 흔들었지만 무영풍은 더 말하지 않았 다.

형제들 중에는 자신보다 더 심한 상처를 입은 사람도 있었다. 자신도 겨우겨우 명줄을 잡고 있었던 판에 더 큰 상처를 입은 자들은 명을 달리했다 하더라도 이상할 것이 없었다.

"만약 그런 형제들을 보게 된다면 무덤이라도 잘 만 들어 주려구나. 다들 너를 기다리며 홀로 있었을 것이 니."

"…알겠습니다."

마지못해 고개를 숙이는 녀석을 보며 무영풍은 태현을 향해 말했다.

"밖으로 가자. 네게 가르쳐야 할 것이 있으니."

지팡이에 몸을 기대 밖으로 나서는 그의 뒤를 태현이 뒤따랐다.

밖으로 나온 무영풍은 잠시 평상에 앉아 숨을 고르곤 입을 열었다.

"내 다리가 이렇다보니 두 손으로 대신해야 함을 이해 해라. 진정한 경공의 고수는 경공만으로 상대를 제압할 수 있어야 한다. 저쪽에 서보거라."

그의 말처럼 넓은 곳에 서자 무영풍은 단숨에 물구나무를 서더니 외쳤다.

"딱 한 번이다! 내가 보여 줄 수 있는 것은."

츠츠츠!

말이 끝나기 무섭게 그의 팔이 움직이기 시작하더니 순식간에 신형이 불어나기 시작했다.

불어난 신형은 순식간에 태현을 중심으로 원을 그리며 포위한다.

놀라운 것은 하나하나가 서로 다른 움직임을 취할 뿐만 아니라, 기운 역시 동일하게 흘리고 있다는 것이다.

"환술 따위로 사람의 눈을 홀리는 것은 하수들에게나 통용되는 이야기다. 진정한 경공의 고수는 자신을 나눌 수 있지. 그리고⋯ 이렇게 공격한다."

파팟!

일제히 달려드는 분신들.

태현 역시 빠르게 움직이며 대응하려 했지만 사방에서 달려드는 그를 막아 낼 순 없었다.

퍽!

결국 옆구리에 발길질을 당하는 것을 시작으로 온 몸에 발자국을 남기고 나서야 무영풍은 모든 것을 거두고 평상에 쓰러지듯 앉았다.

"헉, 헉!"

거칠게 숨을 토해내는 그.

팔을 발 대신 사용한다는 것이 언뜻 쉬워 보이지만 결코 쉬운 일이 아니다.

이것을 보여주기 위해 무영풍은 이곳에 도착한 이후 평생을 노력했을 것이 분명했다.

"봤느냐?"

"예."

어느새 다가온 태현이 그의 물음에 답한다.

발에 걷어차이긴 했지만 그리 강한 타격은 아니었다.

하지만 그것만으로 방금 전의 공격의 무서움을 느낄 수 있었다.

만약 발이 아니고 검을 든 손이었다면? 심지어 그는 오른발 하나이지 않던가.

양수에 검을 쥐고 덤볐다면 상대가 누구든 쉽지 않았을 것이다.

"후… 너라면 언젠가 해낼 수 있을 것이다. 이것보다 더 한 것도 할 수 있을 것이고."

그렇게 말하는 무영풍의 눈이 천천히 감겨간다.

"자… 형님들이 날 기다리는구나. 클클클, 다음에 가야 할 곳에 대해선 내 침상 밑을 보면 나올 것이니… 부디 조심해라 태현아. 무림은… 험한 파도와 같으니."

스륵.

그 말을 끝으로 그는 눈을 감았다.

자신이 가진 모든 기운을 격발하여 태현에게 마지막 가르침을 내리고 눈을 감은 것이다.

태현 역시 그것을 알고 있었기에 조용히 눈감은 그를 향해 천천히 인사 올린다.

그날… 죽림에 큰 불이 붙었다.

활활.

무섭도록 불타는 숲을 지켜보던 태현이 남쪽을 향해 달려간다.

第 4 章.

乱俠武妹 난검두림

第 4 章.

네가 다음으로 만나야 할 사람은 백검(魄劍) 하단설이
다. 여인의 몸으로 천하제일쾌검의 자리에 오른 여장부지.

그녀라면 너에게 큰 가르침을 내릴 수 있을 것이니 부
디 많은 것을 배우기 바란다.

무영풍이 남긴 글에 따라 태현은 죽림을 나와 남쪽으
로 내려가고 있었다.

목적지는 사천의 금천(金川)이란 곳이었다.

그곳으로 향하는 동안 태현은 마을에 들리지 않고 산
길을 통해 빠른 속도로 움직였다.

죽림에서 금천까지 제법 거리가 되니 마을에 들러 쉬었다가 가도 될 일이지만 태현은 서둘렀다.

무영풍의 말대로라면 시간이 얼마 남지 않은 사부들이 존재한다는 것이었으니까. 그들이 죽기 전 어떻게든 모두를 보아야 했다.

자신에게 모든 것을 내어준 사부들이다.

그들의 얼굴을 보지 못한다는 것은 무척이나 죄스러운 일이라 생각한 것이다.

그렇게 태현은 자는 시간까지 줄여가며 움직인 덕분에 열흘 만에 금천에 도착 할 수 있었다.

"와아~ 거지다, 거지!"

도시에 들어서자 어귀에서 놀고 있던 아이들이 태현을 보고 놀려댄다.

쉬지 않고 움직인 덕분에 옷은 엉망이었고, 몸 전체가 먼지로 가득했다.

거지라 불러도 다른 할 말이 없을 정도였다.

"음… 역시 이건 좀 심했나?"

자신의 옷차림을 그제야 확인한 태현은 잠시 고민하다 곧장 시장으로 향했다.

이런 일을 대비해 무영풍은 넉넉한 여비를 챙겨 놓았기 때문에 어렵지 않게 새로운 무복을 마련한 태현은 인근 개천으로 움직여 몸을 씻고 옷을 갈아입었다.

그 뒤에야 다시 백검 사부를 찾아 움직일 수 있었다.

때마침 장날이었던 것인지 시장은 소란스러웠다.

많은 사람들이 오가고 상인들의 짐을 나르는 일꾼들이 연신 짐수레를 끌며 움직인다.

사천의 성도와 꽤 거리가 있는 곳임에도 불구하고 규모가 제법 큰 시장이 열리고 있었다.

'오랜만이로군.'

도시 입구에 있던 옷가게서 옷을 살 때도 좀 소란스럽다 생각했더니 장날 때문에 그랬던 모양이다.

이리 많은 사람들과 부대끼는 것은 오랜만의 일이었다.

아주 어릴 적엔 시장에 종종 나가 당과를 사먹곤 했었는데, 이젠 당과의 맛조차 희미했다.

'금천 동쪽이라고 했던가?'

사람들로 북적이는 시장을 벗어나 동쪽으로 향한다.

그러자 점차 시장의 소란스러움과 멀어지며 주거 지역이 모습을 보이기 시작했다.

안쪽으로 더 들어가자 점차 멀쩡한 집이 줄어들기 시작했고, 머잖아 빈민촌에 들어섰다.

주변 상황이 어떻든 태현의 눈은 쉬지 않고 움직이고 있었다.

백검이 숨어 있는 집을 찾는 것이다.

무영풍이 남긴 글에 따르면 출입구 어딘가에 표식이 되어 있을 터였다.

그렇게 태현이 백검을 찾는 동안 낯선 사람의 등장에 이곳저곳에 있던 사람들의 눈초리가 날카롭다.

빈민가는 나라님도 찾질 않는 곳이다.

그 말은 이곳에 출입하는 사람은 정해져 있는 것이다.

예를 들면 범인을 잡기 위한 관의 포졸과 그렇지 않아도 없는 사람들의 등을 쳐먹는 파락호들 말이다.

와장창!

"돈 내놓으라고! 약속한 기일이 열흘이나 넘었잖아!"

"미, 미안합니다! 내, 내일은 꼭! 꼭 드리겠습니다요!"

"너 지금 그 말이 며칠 짼지 알아? 야! 있는거 다 부셔!"

"예!"

담 넘어 들려오는 소리가 요란스럽지만 태현은 개의치 않고 움직이려 했다.

불쌍하긴 하지만 자신과는 관계없는 일인데다 지금은 사소한 일에도 조심을 기해야 했다.

쾅, 쾅!

와장창-!

그렇게 그냥 가려했는데 우연의 일치인가.

지나가려던 집 대문 기둥에 표식이 작게 새겨져 있었다.

기둥 하단 흙이 묻어 잘 보이지 않았지만, 분명 약속된 표식이었다. 그 자리에 주저 앉아 흙을 털어내자 선명하게 드러나는 표식.

그것을 확인하고 고개를 들어 기둥 윗부분을 살핀다.

만약 그곳에도 표식이 있다면 그녀가 이곳에 있다는 증거이고, 표식이 있다 하더라도 상처가 있다면 이곳을 떠났다는 표시다.

'있다.'

기둥의 그늘에 숨겨진 곳에 새겨져 있는 표식.

어떤 상처도 없다.

다시 말해 이 집안에 그녀가 있다는 말인 것이다.

'그런데 정말 이곳에 사부님께서?'

아직도 들려오는 소리에 의문을 가지면서도 태현은 다 부서져 가는 대문을 넘어 집 안으로 들어선다.

"넌 또 뭐야?!"

"처음 보는 놈인데?"

태현을 발견한 파락호 하나의 목소리에 모두의 시선이 태현을 향하고 금세 초면임을 알아차린다.

워낙 이곳을 오가는 사람이 적음이니 어렵지 않은 일이었다.

"남의 일에 끼어들지 말고 꺼져!"

놈들의 대장으로 보이는 자가 인상을 쓰며 외치지만 태현은 뉘집 개가 짓느냐는 얼굴로 잠시 주변을 둘러보다 마당에 쓰러진 채 움직이지 않고 있는 여인을 쳐다보곤 놈을 향해 물었다.

"얼마냐."

"뭐?"

"얼마냐고 물었다."

"허, 내 귀가 이상해졌나? 일단 물어보니 가르쳐 주는데 은 열 냥이다."

손가락을 활짝 펼치며 말하는 놈에게 여인은 깜짝 놀라며 소리친다.

"방금 전까지 은 한 냥이었는데 어떻게 열 냥이나…!"

"닥쳐!"

"꺅!"

발길질을 하며 위협하는 놈의 패거리에 그녀는 덜덜 떨며 더 이상 말을 하지 못했고, 그 모습에 태현은 작은 한숨을 내쉬며 품에서 열 냥을 꺼내 놈의 발치에 던졌다.

"꺼져라."

"호?"

진짜 돈을 줄줄은 몰랐기에 녀석의 얼굴에 의외라는 표정이 떠오른다.

"이거 어쩌지? 방금 스무 냥으로 올랐는데?"

아무렇지 않게 은 열 냥을 내놓는 것을 보고 욕심이 오른 그가 말했지만, 태현은 그 말에 더 이상 놈들과 대화를 할 필요가 없음을 깨달았다.

"셋을 세지. 그동안 이곳을 나가지 않으면… 죽는다."

싸악-

집 전체에 진득하게 깔리는 강렬한 살기(殺氣).

온 몸의 피부가 일어서는 강렬한 공포에 놈은 빠르게 현실을 깨달았다.

이런 짓을 오래 해먹기 위해선 누구보다 상황을 잘 파악해야 한다는 것을 잘 알고 있었기에 재빨리 바닥에 떨어진 돈을 주워 줄행낭을 친다.

두목이 도망가자 그 뒤를 재빠르게 쫓는 파락호들.

"그래도 멍청한 놈들은 아니군."

"누, 누구세요…?"

놈들이 나가자 그제야 태현의 얼굴을 바로 보며 묻는 여인.

태현을 바라보는 여인은 의외로 젊었다.

아니, 어렸다.

태현의 나이가 스물이니 그보다 어려보이니 잘해야 열 여덟 정도이리라.

뿐만 아니라 얼굴에 검댕이 가득 묻어 있긴 했지만 깨 끗한 눈망울과 이목구비가 확실한 얼굴은 그녀의 미모가 보통이 아님을 짐작 할 수 있었다.

자신의 실책을 깨달은 것인지 재빨리 앞머리를 앞으로 내리는 그녀.

그 모습에 호기심이 생겼으나 곧 태현은 고개를 저었다.

"사검(四劍)을 뵈러왔네."

그것은 약속된 언어였다.

백검이 칠성좌의 넷째였기에 만들어진 암어(暗語)였 다.

알아듣지 못한다면 표식을 확인하고서도 다른 곳을 뒤 져야 하는 불상사가 벌어졌겠지만, 다행이 그녀는 그것을 알고 있었다.

"누구라 전할까요?"

곧장 일어서며 묻는 그녀.

방금 전까지 두려움에 떨었던 여인이라곤 생각 할 수 없는 눈빛에 도현은 빙긋 웃으며 답했다.

"천군이 왔다고 전해주게."

그 말 또한 약속된 말이었고, 그것을 확인한 그녀는 곧장 태현에게 고개를 숙이곤 말없이 태현을 방으로 이끌었다.

그렇지 않아도 단출한 방은 파락호들의 행패로 인해 엉망이었는데, 그녀는 개의치 않고 이불장을 밟고 천장의 한쪽을 들어 올린다.

"이곳으로."

가벼운 몸놀림으로 위로 올라가는 그녀를 따라 위로 오르자 놀랍게도 벽 뒤로 또 다른 공간이 만들어져 있었다.

그곳에 내려서자 그녀는 다시 천장을 본래 모습으로 돌려놓고선 태현의 곁에 내려섰다.

"만약을 위해 만들어 놓은 간단한 눈속임입니다."

그 말과 함께 다시 바닥을 들춰내자 밑으로 내려가는 계단이 모습을 드러내고 주저 없이 그녀가 앞장선다.

저벅저벅-

계단을 따라 한참을 내려가자 마침내 평평한 길이 모습을 드러내었고, 그곳에서 그녀는 품에서 화섭자를 꺼내 어둠을 밝힌다.

"통로가 협소합니다. 주의하시길."

화섭자의 불빛에 의지하여 한참을 걷고 나서야 두 사람은 어두운 통로의 끝에 도착 할 수 있었다.

"이곳은…."

밖으로 보이는 경치에 태현은 놀라지 않을 수 없었다.

금천에서 멀지 않은 곳에 위치한 강으로 통하는 통로였던 것이다.

입구는 절벽과 강물이 맞닿는 부분에 뚫려 있었고, 그마저도 입구 앞에 무성한 수풀에 의해 완벽하게 가려지고 있었다.

동굴의 존재에 대해 알지 않고서야 결코 찾을 수 없는 위치게 있는 것이다.

태현이 놀라든 말든 그녀는 곧 태현을 한 곳으로 이끌었다.

강에서 멀지 않은 숲에 자리를 잡은 작은 어촌.

강의 풍요로움에 기대어사는 작은 마을에 외지인이 들어섰음에도 불구하고 그들은 눈길하나 주지 않는다.

보통 이런 작은 마을이라면 외지인이 들어오는 즉시 경계의 눈초리를 보내야 함에도 불구하고 말이다.

"이곳은 범죄자들이 조용히 살기 위해 만들어진 마을이기에 타인에겐 관심을 주지 않습니다. 자신들의 안위를 최우선으로 생각하기에 바로 옆에서 사람이 죽어도 개의치 않습니다."

"흠…."

알듯 말듯 한 그녀의 설명을 들으며 향한 곳은 마을에서 조금 벗어난 강변에 자리를 잡은 작은 가옥이었다.

낡았지만 튼튼히 만들어진 작은 가옥.

담이라고 쳐진 것은 2척 정도 길이의 나뭇가지를 엮은 것이 전부였다.

"손님이로구나."

때마침 앞뜰에 놓인 의자에 앉아 햇살을 쬐던 노인이 그녀를 보며 말한다.

"제자가 사부님을 뵙습니다."

"그래, 자네는 누군가?"

태현을 바라보며 묻는 노인.

얼굴이 엉망으로 상처 입었음에도 불구하고 젊었을 적에는 뛰어난 미색을 자랑했을 것 같은 그녀의 물음에 태현은 곧장 고개를 숙였다.

"태현이라고 합니다. 백검 사부님이 맞으신지요?"

"잘 찾아왔구나."

인자한 미소와 함께 태현을 맞는 그녀 백검.

"제자 태현, 사부님을 뵙습니다!"

인사와 함께 이루어지는 구배.

흐뭇한 얼굴로 그것을 보고 있던 백검은 태현이 마지막 절을 올리고 일어서자 그를 방으로 이끌었다.

태현을 이곳으로 안내했던 여인이 언제 준비한 것인지 방에 자리를 잡자마자 차를 내온다.

"흔한 엽차지만 썩 괜찮은 것이니 맛 보거라. 빈말이 아니라 우리 선휘가 차를 제법 우려 낼 줄 안단다. 너도 인사 하거라."

백검의 말에 그녀의 뒤편에 자리를 잡고 앉았던 선휘가 태현을 향해 고개를 숙였다.

"선휘라 합니다."

"태현입니다."

간단하게 이름만 말하고 마는 두 사람을 보며 그녀는 재미없다는 듯 찻잔을 집어 든다.

"네가 이곳에 있다는 것은 오라버니들이 먼저 가셨다는 것이로구나. 무영풍 오라버니는 어찌되었느냐."

"눈을 감으셨습니다."

"그렇구나."

담담히 고개를 끄덕이며 찻잔에서 입을 떼지 않는 그녀.

이미 많은 것을 받아들인 것 같은 그녀의 모습을 보며 태현은 아무런 이야기도 할 수 없었다.

그나마 다행인 것은 적어도 겉으로 보이게 얼굴의 심한 상처를 제외한다면 멀쩡해 보인다는 사실이었다.

그런 시선을 눈치 챈 것인지 백검은 빙긋 웃으며 말했다.

"걱정하지 말거라. 난 무공을 잃은 것을 제외한다면 건강한 몸이니 말이다."

"죄송합니다."

"되었다. 이미 지나간 것을 어찌하겠느냐. 자… 그동안 네가 봐온 오라버니들에 대한 이야기를 해주겠느냐. 비밀을 유지하느라 서로 연락을 끊고 산 것이 십년이로구나."

그녀의 말은 사실이었다.

태현에게 전수할 무공을 한데 모아 천기자에게 전달하는 것을 마지막으로 만약을 위해 서로와의 연락도 끊어버렸다.

그렇기에 놈들의 마수를 더욱 쉽게 피할 수 있었을 지도 모른다.

아무리 비밀을 지키며 연락한다 하더라도 사소한 실수 하나로 들통 날 수도 있었던 일이니.

태현은 천천히 천기자, 거력신마와 생활을 하며 수련을 했던 이야기부터 시작해 무영풍과의 이야기까지 모든 것을 풀어내었다.

장장 두 시진에 걸친 긴 이야기였지만 백검은 아무렇지 않은 듯 즐겁게 태현의 이야기를 경청한다.

중간 중간 선휘가 오가며 부족한 차를 보충하고 간단한 다과를 내온 것 이외엔 방 분위기가 바뀌는 일은 없었다.

마지막으로 무영풍의 마지막 이야기를 전달하고 나서야 태현은 입을 다물 수 있었다.

"네가 수고가 많았겠구나."

"아닙니다. 제자 된 도리로서 해야 할 것을 했을 뿐입니다."

"후후후, 되었다. 어찌 네 고생을 모르겠느냐. 오늘은 밤이 늦었으니 이대로 쉬도록 해라. 본격적인 이야기는 내일 하도록 하자꾸나."

그러고 보니 어느새 백검의 얼굴에서 피곤한 기색이 느껴지자 태현은 즉시 고개를 끄덕이며 동의했고, 선휘가 그녀를 조심스레 부축하며 옆방으로 건너갔다.

무공을 잃은 그녀는 일반인과 다를 것이 없기에 나이가 든 그녀로선 지금까지 태현의 이야기를 집중하며 들은 것조차 대단한 것이었다.

오랜만의 편안한 잠자리에서 푹 잔 태현이 눈을 떴을 때는 아직 해가 뜨기 전이었다.

피곤했던 만큼 더 잘 수도 있는 일이지만 그러지 못한

것은 밖에서 들리는 소리 때문이었다.

휙-! 휘리릭.

서컥!

날카롭게 검을 휘두르는 소리.

무공을 수련한 이후로 수도 없이 들었던 소리기에 자신도 모르게 눈을 떴던 것이다.

끼익.

문을 열고 밖으로 나가자 마당에서 목검을 휘두르던 선휘가 움직임을 멈추곤 태현을 향해 고개 숙인다.

"나오셨습니까."

"하던 것 계속하셔도 됩니다. 난 강으로 가볼 테니."

검을 휘두르는 소리에 깼지만 정작 그녀의 수련을 보고 있을 생각은 없었다.

무림에서 상대가 수련하는 모습을 보는 것은 큰 금기.

그렇기에 조용히 자리를 지켜주려는 것이다.

강물 위로 깔린 안개가 멋들어진 풍경을 만들어내고, 강어귀에 무성하게 자란 수풀은 바람에 흔들리며 흥겨운 소리를 만들어 낸다.

사사삭, 삭.

바위 위에 엉덩이를 붙여 앉고선 멍하니 해가 떠오르며 붉게 물드는 하늘과 강을 바라보는 태현.

멍하니 있던 그가 바닥에 떨어진 나뭇가지 하나를 주워들더니 곧 춤을 추기 시작했다.

검무(劍舞)를.

휘리릭, 휘릭.

획!

부드럽게 때론 강하게.

원을 그리다가도 강한 선을 긋는다.

정해진 것이 없는 마음 가는대로의 검무.

어떠한 것에도 얽매이지 않는 그의 검무는 엉성하게만 보였지만 어딘지 모르게 사람의 눈을 떼지 못하게 만드는 이상한 힘이 있었다.

그렇게 태현은 해가 완전히 떠오를 때까지 나뭇가지를 흔들다 결국 나뭇가지가 부러지고 나서야 움직임을 멈춘다.

"나쁘진 않네."

그저 검무를 추었을 뿐인데 몸 상태가 아주 좋았다.

천기자의 가르침으로 인해 태현은 언제든 몸 상태를 최상으로 만드는 법을 배웠다.

병에 걸려 아플 때도, 크게 지쳤을 때도 말이다.

아무렇게나 춘 것 같은 검무였지만 실상은 몸의 피로를 풀어내고 잠력을 격발시키는 일종의 운공(運功)의 일종이었다.

굳이 검무가 아니라도 상관은 없지만 검을 휘두르는 소리에 깼기 때문인지 검을 휘두르고 싶었던 것일 뿐이었다.

"돌아갈까?"

기지개를 펴며 태현의 발걸음이 다시 백검의 집으로 향한다.

그가 떠난 자리엔 무성하게 자랐던 수풀들이 원을 그리며 자리에 누워있었다.

"그런데 묻는 걸 잊고 있었는데 어제 파락호들은 무엇입니까? 정체를 감추고 있었다곤 한들 굳이 상대할 필요가 있는 것입니까?"

아침을 다 먹고 차를 마시던 태현의 물음에 백검의 시선이 선휘를 향한다.

그녀 역시 처음 듣는 이야기였던 것이다.

그 모습에 선휘가 아차 싶었던 것인지 잠시 백검의 눈치를 보지만 결국 한숨을 내쉬며 이야기했다.

"쌀이 떨어져 어쩔 수 없이…"

"이런… 벌써 그리되었더냐?"

그제야 깨달은 백검은 안타까운 얼굴로 선휘를 바라본다.

과거 천하제일쾌검으로서 여장부의 면모를 보이던 그 녀였지만 무공을 잃어버린 지금은 한낱 여인에 지나지 않는다.

그것도 무척이나 나이를 먹은.

본래부터 패물에 관심이 없었다곤 하나 가진 바 충분한 돈이 있었기에 편안히 사는 것엔 아무런 문제가 없었을 것이었다.

적어도 그녀 선휘를 받아들이기 전에는 말이다.

본래 선휘는 버려진 아이로 우연히 백검과 인연이 닿아 제자로 거둬들인 아이였다.

어린 시절 그녀는 무척이나 몸이 좋지 않았었기에 백검은 가진 재산을 모두 동원하여 그녀를 완치시켰고, 덕분에 지금의 사단이 벌어지게 된 것이다.

몰래 놈들에게 돈을 빌려 쌀을 샀던 그녀는 사부 몰래 일을 하여 갚을 생각이었지만 요 근래 백검의 몸 상태가 나빠지는 바람에 일을 나가지 못해 그런 사단이 벌어졌던 것이다.

그런 두 사람의 얼굴을 보며 대략이나마 사정을 짐작한 태현은 품에서 작은 가죽 주머니를 꺼내 선휘에게 내밀었다.

"이것이면 충분할 것입니다."

126

태현의 행동에 두 사람이 동시 그와 주머니를 바라본
다.

"사부님들께서 주신 것입니다."

"후우… 사정이 이러하니 사양하진 않으마."

쓰게 웃으며 주머니를 받아 들인 것은 백검이었다.

하지만 곧 주머니를 열어본 백검은 깜짝 놀라며 태현
을 바라본다.

"이것은…!"

"괜찮습니다. 재물이라는 것은 있다가도 없는 것이고,
없다가도 있는 것이 아니겠습니까? 게다가 이 뒤로 천하
제일의 거부이셨던 황금충(黃金蟲) 사부님을 뵈러가야 하
는 것으로 알고 있습니다. 황금충 사부님께서 설마 제자
를 굶어 죽이시기야 하겠습니까."

"…고맙구나."

주머니 안에는 작지만 값비싼 패물이 가득 들어 있었
다. 전부 처분한다면 제법 괜찮은 장원을 구입하고도
평생을 풍족하게 먹을 수 있을 정도로 비싼 것들이었
다.

태현 역시 그것을 처음 보았을 때 얼마나 놀랐던가.

하지만 어쩌면 이런 일이 벌어졌을 때를 위해 준 것이
아닌지 생각이 될 정도였다.

"선휘 넌 이것을 가져다가 적당한 가격에 팔고 놈들과의 인연을 끊도록 하여라."

"예."

고개를 숙이며 주머니를 받아 방을 빠져나가는 그녀.

어제 태현이 은 열 냥을 줌으로서 해결을 보았지만 굳이 거기까진 태현도 이야기를 하지 않았다.

돈을 주었다곤 하지만 그런 놈들의 특성상 차용증을 찢기 전까지는 언제 받았냐는 듯 다시 달려 들 것이 분명했다.

"기왕 이렇게 된 것 앞으로의 이야기나 해보자꾸나. 우선 네 실력을 보고 싶으니 밖으로 나가자."

"예."

밖으로 나온 백검은 마당에 있는 의자에 앉았고, 태현은 마당 한쪽에 있던 목검을 손에 들었다.

아침에 선휘가 열심히 휘두르던 낡은 목검이었다.

꽤 오래전의 것인 듯 손때가 가득 묻어 있었지만 무게도 적당한 것이 나쁘지 않았다.

"네가 펼칠 수 있는 최고의 쾌(快)를 보여 다오."

천하제일쾌검이었던 그녀였기에 어쩌면 당연한 요구.

그에 고개를 끄덕인 태현은 천천히 목검을 허리춤에 붙이고 왼손으로 목검을 단단히 붙들었다.

백검(魄劍)이란 별호를 얻을 정도로 본래 그녀의 검은 빠르기 그지없었다.

그때까지만 해도 쾌검이라 함은 단순히 빠르기만을 겨루곤 했었는데, 그 빠름의 시작을 발검에서부터 답을 찾아 끊임없이 연구하여 만든 것이 백검의 독문무공 광휘검공(光輝劍功)이다.

쾌(快)의 시작은 발검에서부터 시작된다!

그것이 그녀가 외치고 다녔었던 말이고 지금에 이르러 무림에서 쾌검을 사용하는 자들은 누구 하나 할 것 없이 발검의 중요성을 역설하고 있었다.

비단 쾌검을 구사하는 자들뿐만 아니라 검을 쓰는 자들이라면 누구든 발검에 신경을 쓰고 있었다.

과거 발검은 그저 검을 뽑는 동작으로만 치부했었던 무림이 그녀의 등장과 발언으로 인해 크게 바뀐 것이다.

그녀 스스로 그 힘을 발휘했으니 당연한 일이었다.

목검으로 그녀의 검을 펼치는 것은 거의 불가능한 일이다. 발검에서 시작되어야 하는 쾌검이니 더욱 그러했다.

하지만 태현은 개의치 않았다.

태현이 익힌 것은 검 그 자체이지 쾌검이 아니기 때문이었다. 그렇기에 자신이 할 수 있는 것만 보여주면 되는 일인 것이다.

스륵…

태현의 몸이 움직인다 싶은 그 순간.

서컥!

그의 손에 들린 목검이 허공을 벤다.

날카로운 소리가 허공을 찢으며 울려 퍼지고.

둔탁함이 없는 깨끗한 그 소리.

"깨끗한 검이로구나. 어떠한 잡음도 들리지 않다니…"

소리만으로도 태현의 검을 짐작한 백검은 무척이나 만족스런 얼굴로 고개를 끄덕인다.

무공을 잃어버린 그녀에게 있어 눈으로 검을 본다는 것은 거의 불가능한 일.

허나, 소리는 어떠한 방법을 쓰더라도 감출 수 없다.

수십, 수백 만 번을 검을 휘둘렀던 그녀이기에 누구보다 그 사실은 잘 알고 있었다.

"그 정도라면 내가 가르칠 것은 없겠구나. 애초 내 것이 녹아들었다고는 하나, 가는 길이 다른 검이라 내 것을 강요하기엔 어려움이 있음이니."

"죄송합니다."

130

"고개 숙일 필요 없다. 이것은 칭찬이니까. 같은 검을 쓴다 하더라도 그것을 휘두르는 사람에 따라 검의 종류는 무한정으로 달라지기 마련이지. 같은 쾌검을 휘두른다 하더라도 그것은 마찬가지란다."

미소를 지으며 그녀는 자리에서 일어섰다.

"그리고 보니 묻는 것을 잊었구나. 우리의 무공을 모아 만든 무공의 이름은 무엇인 것이더냐?"

그 물음에 그제야 이때까지 이야기를 하지 않고 있었단 사실에 태현은 재빨리 대답했다.

"천기자 사부님께서 명명하시길 진천(振天)이라 하셨습니다."

"진천신공(振天神功)이라… 좋구나."

NEO ORIENTAL FANTASY STORY

第 5 章.

亂飄武妹 난검두림

第 5 章.

"선휘 그 아이는 제자로 들이긴 했으나 제자라기보다
는 내 자식에 가까운 아이란다. 어린 시절 많이 아프긴 했
으나 근골도 나쁘지 않고, 근성도 있어서 무공을 제법 익
힌 편이지."

"그렇지 않아도 아침에 잠시 보았습니다. 날카롭더군
요."

차를 두고 마주 앉은 두 사람.

태현의 이야기에 그녀는 빙긋 웃었다.

"선휘라면 언젠가 광휘검공을 완성시켜줄 것이라 기대
하고 있단다. 나 역시 끝을 보지 못했던 것이지만…"

"할 수 있을 것입니다."

"후후, 고맙구나. 항렬로 보자면 네 사매가 되는 격이지만 굳이 그리 따지지 말고 동생처럼 잘 대해주었으면 좋겠구나. 보기에는 차가워 보이지만 정이 깊은 아이라 내가 죽고 난 뒤가 마음에 걸리는구나."

"오래오래 사셔야지요."

"후후, 나도 그러고 싶단다."

웃으며 대답한 그녀가 고개를 들어 청아한 하늘을 바라본다.

"비록 이런 꼴이 되어버렸지만 마음만큼은 무림에 있었을 때보다 편안하구나. 사실 복수 따윈 어떻게 되어도 나는 상관이 없단다. 그것은 오라버니들과 동생들 역시 마찬가지일 것이야."

"사부님들께서도 그런 말씀을 하셨었습니다."

"그렇겠지. 내가 알아온 세월이 있는데."

웃으며 태현의 말에 동의하는 그녀가 천천히 자리에서 일어섰다.

"전에도 말했지만 내가 네게 가르침을 줄 것은 없어 보이는구나. 며칠 이곳에서 머물며 선휘를 좀 가르쳐 다오. 아무래도 비무 상대가 없다보니 아직 약한 부분이 많단다."

"그리하도록 하겠습니다."

태현의 대답을 들으며 그녀는 노구를 이끌고 방으로 향한다. 장시간 밖에 있는 것도 그녀에겐 큰 부담인 것이다.

그만큼 그녀는 나이를 먹어 있었다.

저녁놀이 지고 나서야 선휘가 돌아왔다.

양손에 가득 찬거리를 들고서.

그동안 못했던 것을 한 번에 처리해버리려는 것인지 그녀는 연신 부엌을 오가며 음식을 만들기 시작했고, 얼마 지나지 않아 먹음직한 향이 진동을 시작했다.

오랜만에 맛 들어진 음식으로 배를 가득 채운 세 사람은 밤이 깊어지자 밖으로 나왔다.

따뜻한 모포로 몸을 감싼 채 마당의 의자에 앉는 백검과 자신의 목검을 가져와 자세를 잡는 선휘.

주변을 둘러보던 태현은 적당한 굵기와 길이의 나뭇가지를 집어 들었다.

내공을 불어 넣는다면 어지간하지 않고선 부러지는 일은 벌어지지 않을 것이었다.

그렇게 두 사람이 약간의 거리를 두고 서자 백검이 앉은 채 말했다.

"선휘 넌 이번 비무를 통해 많은 것을 배워야 할 것이다.

이런 기회가 많지 않음은 너 자신이 더 잘 알 것이야."

"예, 사부님."

눈을 빛내는 그녀를 보며 태현은 고개를 끄덕였다.

언제든 공격하라는 신호다.

기다렸다는 듯 태현을 향해 빠르게 다가서는 그녀.

허리춤에 걸려 있던 그녀의 검이 언제 뽑힌 것인지 정확히 목을 노리고 날아든다.

눈 한번 깜짝할 사이에 벌어진 빠른 쾌검이었으나 태현은 어렵지 않게 왼쪽으로 반원을 그리며 그녀의 공격을 피해내었다.

공격이 실패하자마자 선휘는 찌르던 검을 즉시 횡으로 휘두르며 쫓아가지만 달려 나가던 힘을 이기지 못한 것인지 검 끝이 흔들린다.

"하반신의 굳건함은 검 끝을 더 날카롭게 해줄 것입니다."

텅!

언제 날아든 것인지 정확하게 검을 쳐내는 태현.

자신의 눈으로도 쫓을 수 없었던 그 궤적에 선휘를 이를 악물며 검을 휘두른다.

그녀의 검은 날카로웠다.

만약 손에 쥔 것이 목검이 아닌 진검이라면 위협적일

138

정도로.

"위협적이지만… 너무 정직하군요. 검을 휘두르는 데 있어 정직함은 때론 위험을 자초하기도 합니다."

따다닥!

순식간에 그녀의 검을 세 번에 걸쳐 두드리며 뒤로 물러서게 만드는 태현.

그러고 보니 태현은 처음 자리에서 거의 움직이지 않고 있었지만, 선휘는 태현을 중심으로 원을 그리며 무수히 많은 공격을 펼치고 있었다.

바닥에 난 발자국이 그것을 증명하고 있었다.

그녀의 검은 빠르고 날카롭지만 너무 정직했다.

정직하다는 것이 나쁜 것은 아니지만 무림에서 정직함이란 때론 스스로에게 큰 비수가 되어 돌아오기 마련이다.

적어도 절대고수의 반열에 들기 전에는 말이다.

절대고수 정도 된다면 그저 휘두르는 검조차도 제대로 막아낼 수 있는 사람이 드물게 될 테니까.

"아직도 하체가 안정되지 않았습니다. 검이 흔들린다는 것은 스스로 통제를 하지 못하고 있다는 반증이니 하체 위주로 수련을 바꾸는 것도 나쁘지 않아 보입니다."

딱!

그 말을 끝으로 태현은 강하게 그녀의 검을 쳐내었고, 손에서 검을 놓친 그녀가 자리에 주저앉는다.

땀으로 흠뻑 젖은 선휘.

"헉, 헉!"

거칠게 숨을 토해내는 선휘를 뒤로 하고 태현은 백검을 향해 고개를 숙였다.

"주제 넘는 짓이 아니었는지 모르겠습니다."

"후후, 아니란다. 그런 부분은 스스로 깨닫기 전에는 쉽게 고칠 수 없는 것이니까. 이번 비무가 선휘에겐 좋은 기회가 된 것 같구나."

"전 씻고 오겠습니다."

첨벙!

강가에 도착한 태현은 금세 옷을 벗어버리곤 강을 향해 뛰어들었다.

시원함이 온 몸으로 느껴지며 달아오른 몸이 금방 식어간다.

"후우…."

강렬한 상쾌함에 자신도 모르게 깊은 숨을 토한다.

"비무… 인가."

주먹을 쥐었다 폈다 하는 태현.

140

비무를 하는 것은 상당히 오랜만의 일이었다.

석산에서 가르침을 받을 때도 비무를 한 것은 몇 년 전의 일이었다. 어느 정도 경지에 오르고 나선 비무 보다는 개인 수련으로 시간을 보내곤 했었으니까.

게다가 자신보다 약한 사람과의 비무는 처음 한 것이었다.

그녀의 검을 받으며 태현 역시 얻은 것이 결코 적지 않았다. 어쩌면 백검은 두 사람 모두를 위해 비무를 시킨 것일 지도 몰랐다.

"이제 남은 분은… 묵살검 사부님과 황금충 사부님 두 분 뿐인 건가."

앞으로 자신이 만나야 할 사람은 두 명.

두 사람의 사부를 더 만나고 난다면 이젠 무림으로 나가야 할 때였다.

물론 그 과정에 깨달음을 얻는다면 혼자서라도 수련을 더하긴 하겠지만 말이다.

분명한 것은 이제 무림으로 나갈 날이 머지않았다는 것이다.

"가봐야 할까?"

편안하게 물 위에 누워 하늘을 바라보며 중얼거리는 태현.

어린 시절 자신이 자라고 컸던 마을.

비록 가문은 사라졌겠으나 마을은 그대로 있을 터다. 가문을 그렇게 만든 범인을 찾기 위해서라도 언젠가 부딪쳐야 할 곳이었다.

멍하니 밤하늘을 올려다보던 태현이 몸을 일으킨다.

촤악.

"일단은 가르침을 받는 것에 집중하자. 사부님들의 일을 해결하다 보면 언제고 돌아갈 날이 있겠지."

언제고 원수를 찾아 원한을 갚을 날이 오겠지만 그 전까지는 자신을 구해주고 키워준 사부들의 은혜에 보답하기 위해 움직이려했다.

대충 몸을 닦고 집으로 돌아오자 그를 기다리고 있는 것은 선휘였다.

그녀 역시 씻고 온 것인지 촉촉이 젖은 머리카락과 깨끗한 얼굴을 처음으로 보여주고 있었다.

과연 태현의 생각대로 그녀는 뛰어난 미녀였다.

뚜렷한 이목구비에 앵두 같은 입술과 투명하고 깨끗한 눈망울까지.

어디하나 빠지는 것이 없는 미녀.

거기에 옷이 조금 젖어 그녀의 적나라한 몸매가 조금씩 드러나고 있었다.

"비무 감사드립니다."

정중히 고개를 숙이는 그녀를 보며 태현은 시선을 돌리며 대답했다.

"할 수 있는 것을 했을 뿐입니다. 그럼."

딱딱하다 생각 할 수도 있지만 태현은 지금의 관계가 나쁘지 않다고 생각했다.

비록 백검 사부님의 제자이지만 앞으로 자신이 갈 길을 생각한다면 그녀와는 어느 정도 거리를 두는 것이 그녀에게도 더 도움이 될 것이었다.

게다가 옷차림이 바르지 않은 그녀를 빤히 쳐다보는 것은 큰 실례로 생각되었다.

그런 태현의 생각을 알아차린 것인지 선휘 역시 태현을 붙들지 않았다.

비무는 삼일 간 계속되었다.

그리고 비무를 할 때마다 선휘는 달라져 있었다. 태현이 지적한 부분에 대해 철저히 교정을 해오는 것이다.

애초 기본기가 부족하지 않았던 그녀이기에 태현이 짚어주는 것을 잘 받아들여 바로바로 소화해내는 것이다.

하지만 그럴 때마다 태현은 또 다른 문제를 짚어낸다.

마치 끝도 없이 말이다.

그렇게 삼일이 지나자 태현은 떠날 마음을 굳혔다.

"가려느냐?"

"예. 몸이 좋지 않으신 분도 있다 들었습니다."

"그렇지. 내 욕심으로 널 오래 붙들어 두는 것은 좋은
일이 아니겠지…."

고개를 끄덕이며 백검은 태현이 다음으로 향해야 하는
목적지를 가르쳐 주려했다.

"크하하! 드디어 찾았다!"

고막을 때리는 큰 소리와 함께 거대한 덩치의 사내가
집 입구에 서 있었다.

감색 무복을 걸친 그는 짧은 머리에 구릿빛 육체를 서
슴지 않고 드러내고 있는 자였다.

근 7척에 달하는 키는 보는 이로 하여금 절로 위축되게
만든다.

성큼성큼 안으로 들어온 그는 세 사람을 보며 말했다.

"누가 백검이지?"

머리를 갸웃거리는 그의 곁으로 어느새 그와 비슷한
복장을 입은 사내가 다가와 이야기한다.

"가운데 있는 늙은이가 백검일 것입니다. 보고에 따르
면 나이가 있다고 했으니 저 젊은 놈들은 아닐 것입니다."

"그래? 뭐, 상관없지. 어차피 다 죽일 거니까."

144

서슴지 않고 죽이겠다 선언하는 놈들을 보며 백검의 얼굴이 굳는다.

아니, 그가 등장한 이후로 그녀의 얼굴은 펴질 줄 몰랐다.

설마하니 아무런 징조도 없이 놈들에게 발각 될 것이라곤 생각지 못했던 것이다.

"크하하! 그리 놀랄 것 없어, 늙은이. 시간이 제법 걸리긴 했지만 우리도 놀고만 있었던 것은 아니니까!"

쿵! 쿵!

한 발 걸을 때마다 큰 소리와 함께 땅이 은은하게 흔들릴 정도로 그는 위협적이었다.

스슥, 슥.

그가 움직이는 순간 백검의 앞을 막아서는 두 사람.

백검 앞으로 선휘가 그 앞으로 태현이 막아선다.

"뭐야? 니들이 먼저 하려고? 하긴 상관은 없나? 크하하하!"

"대주님 아직 아이들이 오질 않았습니다."

"응? 내가 언제 그런 걸 신경 썼다고. 어차피 이 자리에서 끝장내면 되는 일이잖아?"

투기(鬪氣)를 끌어올리며 말하는 그를 보며 수하는 작게 한숨을 내쉰다.

모시고 있는 입장에서 할 말은 아니었지만 앞뒤 가리지 않고 움직이는 덕분에 그동안 여러 번 임무에 차질을 빚었던 것이다.

하지만 상명하복의 절대적 기치 앞에 자신들의 의견은 있으나 마나한 것이었다.

"뜻대로 하십시오."

"크하하핫!"

결국 이번에도 포기하는 수밖에 없었다.

"넌 누구냐."

태현의 물음에 그제야 그는 소개가 늦었다는 듯 입을 연다.

"난 감영(紺影)이라고 한다. 염라를 뵙거든 내가 보냈다고 하거라!"

투확!

큰 덩치에 걸맞지 않는 가벼운 몸놀림!

단숨에 다가와 솥뚜껑 같은 손으로 태현을 후려쳐 오는 감영!

휘두르기만 하는 것 같음에도 느껴지는 힘에 태현은 재빨리 허리를 숙여 손을 피한다.

능수능란하게 피하는 모습에 감영의 눈썹이 휜다.

"제법이구나! 허나, 이번엔 어려울 것이다!"

어느새 쥔 주먹을 단숨에 내지르는 갈영!

푸확!

무시무시한 풍압과 함께 날아드는 그의 주먹에 담긴
강대한 힘!

재빨리 물러서며 피하려 했지만 생각보다 빠른 그는
쉽게 태현을 놓아주지 않는다.

"큭!"

우웅!

이를 악물며 두 손에 내공을 집중시킨 태현은 날아드
는 주먹을 빠르게 쳐낸다.

터텅!

"호?"

팔이 얼얼해질 정도로 느껴지는 충격에 자리에 멈춰서
는 갈영. 오랜만에 느껴지는 아픔이 신기한 듯 잠시 자신
의 팔과 태현을 번갈아 보던 갈영이 크게 웃는다.

"크하하핫! 내게 이런 충격을 주다니! 참으로 오랜만이
로구나. 좋아, 너라면 나와 겨룰 자격이 충분하다!"

드드드!

감영이 기운을 끌어올리기 시작하자 인근의 땅이 은
은히 울릴 정도로 많은 양의 기(氣)가 움직이기 시작했
다.

패도적인 기운이 넘실거리는 그를 보고 있을 때 어느 사이에 방에 들어갔다가 나온 것인지 백검이 태현을 향해 검 한 자루를 던진다.

"쓰거라!"

넘겨받은 검은 백룡이 새겨진 화려하면서도 은은함을 갖춘 검으로 그녀가 무림에서 활동하며 애검으로 사용했었던 '백룡검(白龍劍)'이었다.

백룡검이란 이름이 너무나 잘 어울리는 멋진 검의 자태에 잠시 바라보고 있던 태현은 즉시 검을 뽑아 들었다.

광휘검공을 익히지 않은 태현이기에 굳이 발검술부터 시작할 필요가 없는 것이다.

우우웅!

오랜만의 세상 나들이가 반가운 것인지 낮게 울음을 터트리는 백룡검.

내공을 일으켜 검에 불어 넣자 마치 팔이 늘어난 것처럼 자연스럽게 기운이 들어간다.

저항 없이 기운을 받아들인다는 것만으로도 이 검이 얼마나 뛰어난 것인지 알 수 있을 정도였다.

백룡검의 뛰어남에 태현이 빠져있는 사이 감영의 신형이 단숨에 거리를 좁히며 달려든다.

아무리 생각해도 도저히 이해 할 수 없을 정도로 날랜

148

몸놀림을 보이는 그의 모습에 놀라면서도 재빨리 검을 휘두르는 태현!

쩌정-!

검과 사람의 피부가 부딪친 것이라곤 생각되지 않을 정도의 굉음이 연신 울려 퍼진다!

검을 통해 전달되는 충격에 순간 검을 놓칠 뻔했지만 용케 검을 쥐며 재차 검을 휘두르는 태현.

"간지럽구나! 나의 불괴흑마공(不壞黑魔功)은 무적이니라!"

쿠아아!

날아드는 검은 모조리 무시하고 주먹을 날리는 그를 보며 태현은 이를 갈며 뒤로 물러서야 했다.

설마하니 검이 통하지 않는 사람이 있을 것이라곤 생각조차 해본 적이 없었다.

외공을 극한으로 익히면 금강불괴가 될 수 있다고 전해진다.

허나, 전설처럼 내려오는 이야기일 뿐 실제 금강불괴를 이룬 사람은 없다고 단언하듯 이야기한 것이 다른 사람도 아닌 거력신마였다.

그 역시 외공을 한계에 가깝게 수련했던 자.

그랬던 그의 말이니 만큼 틀린 말은 아닐 것이다.

그렇기에 태현은 상처를 입힐 수 없다는 사실을 알면서도 끊임없이 공격을 시도한다.

약점을 찾으려는 것이다.

연신 공격을 쏟아 내면서도 태현의 눈은 감영을 얼굴을 향한다.

호탕하게 웃으며 아프지 않은 듯 말하지만 실제론 충격을 입을 때마다 조금씩 눈동자가 흔들리고 있었다.

강철 같은 피부를 넘어 충격을 받고 있다는 증거다.

그때였다.

떵!

움찔.

짧은 순간이지만 감영의 몸이 움찔하며 멈췄다가 움직인다. 뿐만 아니라 그의 두 눈에 이제까지와 다른 고통의 빛이 찰나이긴 하지만 스쳐 지나갔다.

꾸준히 그의 얼굴을 관찰하지 않았다면 결코 몰랐을 찰나의 순간.

'관절인가.'

정확히 찌른 어깨 관절에서 감영은 고통을 표하고 있었다.

그 이외에는 아무런 문제를 보이질 않는다.

휘릭!

150

원을 그리며 검을 회수한 태현이 일순 빠르게 그의 왼쪽 어깨를 노리고 찔러 들어간다.

이제까지 볼 수 없던 빠르기와 날카로움에 공격 일변도로 나서던 감영이 움찔하며 빠르게 뒤로 물러선다.

그러면서 재빨리 팔을 움직여 태현의 검을 막아낸다.

쩌엉!

귀를 찌르는 소리와 함께 빠르게 물러서는 두 사람.

"후우…!"

검을 세우며 숨을 토해내는 태현과 놀라운 듯 눈을 크게 뜨며 팔을 휘젓는 감영.

"흐… 흐하하하! 좋구나! 이 짧은 시간에 불괴흑마공의 약점을 찾아내다니! 제법이로구나!"

"스스로 약점이라고 인정하지 마십시오, 대주님."

듣다못해 뒤에 서 있던 수하의 말에도 감영은 전혀 개의치 않았다.

"내 약점을 찾아낸 것만으로도 칭찬받아 마땅하다! 하지만 그것이 어떻더냐? 약점을 알아냈다고 해서 모든 일이 해결 될 것이라 생각한다면 큰 오산이다!"

고오오…

기세를 잔뜩 피워 올리는 감영.

사뭇 그 기세가 매서워 쉬이 접근 할 수 없을 정도였다.

온 몸을 쩌릿하게 만드는 패도적인 기운.

그 앞에서 태현은 호흡을 조절하며 천천히. 아주 천천히 기운을 끌어올린다.

실상 태현에게 있어 실전은 이번이 처음이었다.

그렇기에 자신도 모르게 당황하여 제 실력을 발휘하지 못했지만, 검을 휘두를수록 긴장과 당황은 사라지고 점차 차분해지기 시작했다.

'이제야 내 검을 휘두를 수 있겠구나.'

스스로 생각해도 이상할 정도였다.

알고 있으면서도 제대로 할 수 없다니.

그것이 실전이 가져다주는 긴장감이란 사실에 태현은 속으로 웃고 있었다.

사부들에게 질리도록 들어왔고, 대비하고 있었건만 처음 겪는 실전은 말로만 듣던 것과 크게 달랐다.

한번만 실수해도 두 번 다시 눈을 뜰 수 없다.

세상의 모든 은원을 내려놓고 죽임을 당하는 것이다.

죽기 싫다면 최선을 다해 적을 상대하라.

'그것이 무림이라 하셨다.'

천기자의 말을 다시 한 번 떠올리며 태현은 점차 많은 기운을 일으켰다.

단전에서 시작된 기운은 몸 구석구석까지 움직이며 몸

의 긴장을 풀어주고, 힘을 전달한다.

사부들을 모시는 그 순간부터 상상할 수도 없을 정도의 많은 영약을 섭취한 태현이다.

그렇게 섭취한 영약들은 만년한천수의 효능으로 완전히 몸에 녹아들었으며, 진천신공은 그렇게 녹아든 기운을 어루만지며 태현의 것이 될 수 있도록 이끌었다.

우우우…!

그그그!

낮게 떨린다 싶던 땅이 점차 크게 흔들리기 시작한다.

태현의 몸 밖으로 발출되는 기운의 양이 늘어날수록 진동은 점차 커져 이젠 태현 주변의 돌들이 서서히 떠오르고 있었다.

넘치는 기운들이 자연의 섭리를 거스르며 움직이는 것이다.

감영에게서 흘러나오는 기운도 굉장한 것이지만 태현에 비교 할 순 없을 정도였다.

척 봐도 수상한 모습에 감영은 위기감을 느꼈다.

당당하고 호쾌한 모습을 보였던 그이건만 지금 그의 얼굴엔 감출 수 없는 긴장감이 떠오르고 있었다.

위험하다는 것을 깨닫는 순간 그의 신형이 일순 사라진다.

횡-.

다시 그의 모습이 나타난 곳은 태현의 정면에서 일 장 위의 허공에서였다.

검붉은 기운이 선명하게 드러난 그의 주먹이 무게를 더해 강하게 태현을 향해 내려쳐진다!

태산(泰山)을 만난 듯 크게 느껴지는 위압감과 무게감.

단번에 가루가 되어버릴 것 같은 힘이 느껴지는 주먹을 보면서도 태현은 움직이질 않았다.

아니, 그렇게 느껴졌다.

어느 사이에 그의 손에 들려있던 검이 기이한 궤적을 그리며 움직이고 있었다.

"호검(護劍)."

작은 중얼거림과 동시 태현의 앞으로 선명하게 모습을 드러내는 푸른색의 막(幕).

속이 훤하게 비치는 막은 미묘하게 일렁이는 모습이 참으로 아름다웠으나 당장 부딪쳐오는 감영의 주먹을 막기는 어려워보였다.

"크하하하하! 검막(劍幕)이라니 제법이구나! 하지만 내 주먹을 막아낼 순 없을 것이다!"

소리치며 더욱 많은 기운을 불어 넣은 주먹을 내지르는 감영!

154

그 모습에 선휘가 놀라 소리를 질렀지만 의외로 옆에서 지켜보고 있던 백검의 얼굴에는 표정 변화가 조금도 없었다.

콰쾅!

굉음과 함께 큰 충격파가 몰려들고 먼지가 피어오른다.

뒤흔들리는 땅.

일격에 만들어진 모습이라곤 믿기지 않는 파괴력이었다.

"흠… 뭐지?"

튀어 오른 흙과 돌들이 떨어지는 가운데 감영이 태현을 향해 물었다.

그 스스로도 믿기지 않지만 그의 주먹은 당장이라도 부서질 것 같던 푸른 막을 넘질 못했던 것이다.

공격할 생각을 버린 듯 편안히 서 있는 감영을 보며 태현 역시 검을 거두며 답했다.

"호검(護劍)."

"호검이라… 어울리는 이름이로군."

고개를 끄덕이는 감영.

짧은 대화가 오가는 사이 먼지가 가라앉으며 두 사람의 모습이 보인다.

멀쩡해 보이는 태현의 모습에 선휘가 안도의 한숨을 내쉬고 백검은 그럴 줄 알았다는 듯 살며시 웃었다.

"돌아간다!"

돌연 감영이 버럭 소리를 지르며 돌아서자 멀찍이 떨어져 있던 수하가 깜짝 놀라 달려온다.

"그게 무슨 소리입니까, 대주님!"

"재미있는 걸 봤으니 오늘은 접는단 말이다."

"하지만 이번 일은 아주 중요한…."

"내가 안한다면 안하는 거다!"

"……."

고집을 꺾을 생각이 전혀 없는 그를 보며 결국 체념한 그는 태현과 백검을 번갈아보다 고개를 숙인다.

대주의 공격을 멀쩡히 받아낸 자다.

그런 자를 뒤로 하고 백검의 목을 벨 자신이 없었다.

아니, 할 수 있다 하더라도 뒷일을 감당하기 어려웠다. 자신이 모시고 있는 대주는 그런 사람이었으니까.

하고 싶은 것과 하기 싫은 것이 명확하고, 자신의 뜻대로만 움직이는 자.

"알겠습니다. 아직 이번 일에 대해선 보고를 하지 않았으니 아무도 못 본 것으로 하지요."

"크하하! 내가 그래서 널 데리고 다니는 거지. 가자!"

정말 미련이 없다는 듯 몸을 돌려 밖으로 향하는 감영.

감영의 뒤를 따르던 그의 수하가 백검을 향해 말했다.

"이곳을 피하는 것이 좋을 겁니다. 우리가 아닌 다른 사람이 이곳에 온다면 이번처럼 넘어가진 않을 겁니다."

그 말을 끝으로 멀리 사라지는 두 사람.

잠시 뒤 멀리서 대규모의 인원이 움직이는 기척이 어렵지 않게 느껴진다.

"시간을 끌었다면 위험한 쪽은 우리였겠군요."

어느새 백검의 옆으로 다가온 태현의 말에 그녀는 빙긋 웃으며 그가 건네는 백룡검을 받아든다.

오랜 만에 밖에 나왔던 녀석은 기분이 좋은 것인지 그녀의 손안에서 낮게 울음을 터트리고 있었다.

그런 백룡검을 쓰다듬으며 백검은 말했다.

"네가 드러날 때가 아니지만 상황이 이렇게 되었으니 어쩔 수 없구나. 다행이 어디 가서 네 이야기를 할 것 같진 않으니 조금의 시간은 번 것이겠지."

"저 역시 그리 생각합니다. 계속 싸웠다면… 밀리는 것은 저였을 겁니다."

슥.

윗옷을 들추자 선명한 주먹 자국이 태현의 배에 새겨져 있었다.

멍이 들진 않았기에 금세 사라질 상처이지만 중요한 것은 상처가 아니라 호검의 방어벽을 뚫었다는 것이다.

"무슨 초식이더냐? 검막과는 비슷하면서도 다른 것이로구나."

"호검이라고 합니다. 검막이 어떤 것인지 알 수 없으나 검으로 펼치는 것이니 비슷하겠지요. 천검을 수련하는 도중 얻은 것입니다."

"완성되지 않은 것이냐?"

"예. 완성을 위해 노력하고 있습니다."

그녀의 물음에 태현은 고개를 끄덕이며 답했다.

그것은 자신을 위한 다짐이기도 했다.

태현이 천검을 수련하며 얻은 세 개의 초식 중 하나인 호검.

그 어떠한 공격도 막아낼 자신이 있었건만 세상에 나와 처음 만난 상대가 뚫어버렸다.

완벽하다 생각하진 않았지만 설마 이런 식으로 뚫릴 줄은 몰랐던 태현이기에 내색하진 않았지만 제법 충격을 받은 상태였다.

"검의 길에 끝이란 존재하지 않음이니 쉬지 않고 정진 하는 것이야 말로 극의(極意)를 보기 위한 방법이 될 것이 다. 자만하지 말고, 자신하지 말라. 세상은 넓고 사람은

158

많음이니 정저지와(井底之蛙)의 우를 범하지 않도록 해라."

"명심하겠습니다."

정저지와.

우물 안 개구리.

지금의 자신을 에둘러 말하는 것 같은 그녀의 질책에 태현은 그 말을 가슴에 새기고 또 새겼다.

천기자 사부님이 말하길.

천검을 익힌 자 천하제일이 될 것이라 했었다.

비록 천검을 완성하지 못했다고는 하나, 천검을 수련하는 와중에 얻은 세 초식이 약할 리 없었다.

'결국 내가 약한 것이다. 사부님들을 전부 뵙고 난 뒤 다시 수련을 해야 하겠어.'

"설마하니 이제와 다시 수련을 하겠다는 생각을 하는 것은 아니겠지?"

마치 태현의 생각을 읽기라도 한 듯 묻는 그녀의 물음에 태현은 대답 할 수 없었다.

그 모습에 그녀는 빙긋 웃으며.

"내가 보기에 혼자 하는 수련은 이제 한계에 달한 것 같구나. 지금의 네게 필요한 것은 실전으로 생각이 되는구나. 본래라면 끊임없는 비무를 통해 벌써 찾았어야 할 문제점들이 그럴만한 상대를 만나지 못해 제 실력을 발휘하지 못하는 것처럼 보이는구나. 내 비록 무공은 잃었으나 이 두 눈과 경험은 어디로 사라지는 것은 아니니 확실할 것이야."

"제자의 부족한 점을 가르쳐 주셔서 감사합니다, 사부님."

"되었다. 제자의 부족함을 가르치기 위해 존재하는 것이 사부가 아니겠느냐. 그보다… 선휘야 이곳을 떠날 준비를 해야 하겠구나. 이제까지 들키지 않았던 것도 운이 좋았기 때문이겠지."

"준비하겠습니다."

고개를 숙이곤 곧장 집안으로 들어가는 그녀.

그런 선휘의 뒷모습을 보고 있던 백검이 태현을 보며 물었다.

"네가 봤을 때, 저 아이는 어떻느냐?"

"사부님의 뒤를 충분히 이을 수 있을 것이라 생각됩니다."

"후후, 그뿐이더냐?"

"예?"

무슨 말인지 모르겠다는 듯 되묻는 그에게 백검은 웃기만 할 뿐 더 이상 입을 열지 않았다.

160

잠시 후 선휘가 짐을 챙겨 나왔다.

꼭 필요한 것들만 챙긴 것인지 생각보다 단출한 짐들.

"다음에 네가 봐야 할 사람은 묵살검(?殺劍)이다. 별호
가 곧 녀석의 이름이니 주의해야 할 것이야."

살수들의 특성상 자신의 이름을 받고 자라는 경우는
극히 드물다. 그렇기에 간혹 이름을 날리는 살수들의 경
우 별호가 곧 자신의 이름이 되기도 했다.

묵살검 역시 그런 사람 중 하나였다.

"마지막으로 소식이 들어온 곳은 이곳에서 멀지 않은
곳에 있는 무산(茂山)이다. 나도 자세한 것은 모르겠다만
그곳에서 그를 찾아내는 것은 너의 몫일 것이야."

"알겠습니다. 어디로 가실 것입니까?"

"앞으로 살날도 머지않았음이니 세상이나 둘러볼 생각
이다. 마지막 정도는 바다를 보며 정리하고 싶구나."

마지막을 생각하는 그녀의 모습에 태현은 아무말 하지
못했고, 그녀의 곁에 있던 선휘가 조심스레 그녀를 부축
해 몸을 일으키려 했다.

"되었다. 넌 앞으로 태현이와 함께 다니도록 하거라."

"사부님!"

깜짝 놀라 소리치는 그녀.

"앞으로 태현이에겐 많은 사람들의 도움을 필요로 할

것이다. 그때 네가 그 힘의 일각이 되었으면 좋겠구나. 이제 네 인생을 살아야 하지 않겠느냐."

"제자는 사부님과 함께 하겠습니다."

재빨리 무릎을 꿇으며 고개 숙이는 선휘.

하지만 돌아오는 것은 단호한 그녀의 호통이었다.

"어허! 사부의 말이 말 같지 들리지 않는 것이더냐! 네가 내게 무공을 배울 때 뭐라고 했더냐! 너와 같은 사람이 다시 나오지 않기를 바란다고 하지 않았더냐!"

"사부님!"

"데려가거라. 경험을 쌓는다면 네가 하고자 하는 일에 큰 도움이 될 것이다. 세상 물정을 모르는 아이니, 곁에 두고 잘 보살펴 주었으면 좋겠구나."

"…알겠습니다."

반대하려던 태현은 백검의 눈을 보고선 고개를 끄덕일 수밖에 없었다.

촉촉하게 젖은 눈망울.

어떻게든 눈물을 보이려하지 않는 눈에서 그녀 역시 제자인 선휘와 떨어지고 싶지 않지만 선휘의 미래를 위해 이곳에서 떨어지려 하는 것이다.

뿐만 아니라 지독한 녀석들이니 오래 지나지 않아 위험이 닥쳐 올 수도 있는 일이었다.

그런 위험에서 선휘를 떨어트려 놓으려는 것이다.

"제겐 사매가 되는 셈이니 사부님이 우려하지 않도록 잘 돌보도록 하겠습니다."

"부탁하마."

만족스런 얼굴로 고개를 끄덕인 그녀는 선휘가 떨어트린 짐을 손수 짊어진다.

"무림은 험한 곳이니 태현이의 말을 잘 따라야 할 것이야. 아쉽다 생각하지 말거라. 인연이 닿으면 다시 만날 수 있을 것이니."

느긋한 걸음으로 자신의 집을 떠나는 백검.

멍하니 그 모습을 보고 있던 선휘는 태현이 그녀를 향해 절을 하는 것을 보곤 천천히 일어나 따라서 절을 한다.

언젠가 사부를 떠나야 한다는 사실을 알고 있었지만 이렇게 갑자기 떠나보낼 줄은 몰랐던 선휘의 안색은 그리 좋지 않았다.

평소 감정표현이 거의 없는 그녀였지만 이번만큼은 보는 것만으로 알 수 있을 정도로 말이다.

벌써 며칠 째 물살에 흔들리는 작은 배 위에서 그녀는 힘없이 멍한 눈으로 강 상류를 바라본다.

"네가 계속해서 그러고 있는 다면 사부님께서도 편한

마음으로 세상 유람을 하실 수 없을 거다."

"…그럴까요?"

멍하니 대답하는 그녀.

세, 네 명이나 겨우 탈 수 있는 작은 배에 몸을 실어 강물이 움직이는 대로 떠내려가듯 물살을 가르는 배는 연신 흔들거리지만 노를 잡은 태현은 용케 균형을 잡으며 답했다.

"나라고 해서 사부님께서 그렇게 떠나시는 것이 왜 마음에 좋겠어? 하지만 사부님께서 원하시는 일이고 앞으로 너의 장래를 생각한다면 꼭 필요한 일이겠지. 사부님과 떨어진다고 해서 사부님이 사라지는 것은 아니니까. 난 먼저 먼 길을 떠나신 사부님들도 날 지켜보고 있다고 생각하며 살고 있다. 그렇지 않았다면 나도 견디기 어려웠겠지."

"전… 잘 모르겠어요."

"천기자 사부님께서 그러셨지. 생명이 있는 것이라면 예외 없이 마지막에 도착하는 곳은 죽음이라고. 우리 역시 죽고 나면 갈 수 있는 곳이니 그곳에 도착하는 것은 최대한 늦게, 할 수 있는 것은 모두 하고 오라하셨지. 그곳에서 지켜보고 있겠노라며. 나 역시 아직 이해가 되는 것은 아니야. 하지만 언젠가 사부님들을 뵈었을 때 잘 살다

왔노라고 하고 싶은 마음이 있으니 지금 최선을 다해 사
는 것뿐이지."

태현의 말에 그녀는 답을 하지 않는다.

하지만 조금씩이지만 그녀는 달라지고 있었다.

멍하니 초점 없던 눈이 원래대로 돌아왔고, 강 상류만
쳐다보던 것이 조금씩이나마 주변을 둘러보기 시작한 것
이다.

그 모습에 태현은 웃으며 조심스레 배를 몰았다.

돛이 달린 것도, 노를 젓는 것도 아니지만 배는 점차
빠르게 하류를 향해 움직인다.

목적지가 멀지 않았다.

NEO ORIENTAL FANTASY STORY

第 6 章.

亂劍武林 난검무림

第 6 章.

　무산(茂山)이란 이름에서 알 수 있듯, 무산은 수풀이 크게 우거진 곳이다.

　운남에서나 볼 수 있을 광경을 이곳에서 볼 수 있는 것이다.

　빽빽하게 들어찬 나무들은 하늘을 가리고, 그 높이마저 최소 3장을 넘기니 숲 안은 그야말로 어둠의 세계다.

　대낮에도 횃불을 들고 다녀야 할 정도로 말이다.

　밤낮 구분이 힘든데다 독물들도 적지 않아 사람의 발길이라곤 목숨을 걸고 약초를 채집하기 위해 간혹 들리는 약초꾼들 밖에 없었다.

그마저도 일 년에 수차례에 불과할 정도였다.

아무리 돈이 좋다 하더라도 목숨이 먼저인 법이니까.

사천의 중심에서도 꽤나 떨어진.

거의 귀주에 가까운 무산은 어지간한 도시 하나는 집어 삼킬 수 있을 정도로 큰 규모를 자랑하지만 위의 이유들로 인해 사람의 접근이 거의 없었다.

일반인들보다 월등히 강한 신체조건을 가진 무림인들도 이곳을 찾지 않는다.

그나마 사천당가에서 간혹 들리는 경우가 있지만 그것도 거의 드문 경우였다.

무림에서 사용할만한 독을 채집하기엔 무산의 독물들은 그 위력이 그리 강하지 않은데다, 굳이 이곳에 오지 않더라도 쉬이 구할 수 있는 놈들인 것이다.

차라리 운남으로 움직일지언정 이곳엔 가질 않는다.

그런 무산에 묵살검이 머물고 있었다.

"분명 이곳이라면 숨어 있기 최고의 환경이긴 하지만, 놈들도 이곳을 그냥 지나치지 않았을 텐데?"

무산의 입구에 서서야 태현은 이상하단 생각이 들었다.

놈들에 대해 아는 것은 거의 없지만 오랜 세월 사부들을 추적하고 있었다는 사실은 확실하다.

그런 놈들이 이런 곳을 뒤져보지 않았을 리 없다.

그럼에도 불구하고 놈들의 눈을 피했다는 것은 그만큼 묵살검의 능력이 뛰어났거나, 이곳을 찾은 그들이 제대로 살피지 않았다는 뜻이다.

'혹은 이미….'

나쁜 생각을 떠올렸다가 곧 고개를 흔들며 태현은 허리춤의 검을 다시 한 번 점검했다.

이곳에 오기 전 들린 마을에서 구한 싸구려 장검이었다.

태현의 옆에 선 선휘 역시 간단하게 다시 짐을 점검한다. 떠나기 전 사부에게 받은 백룡검이 있었지만 다른 사람들의 눈에 너무 띄는지라 깨끗한 천에 싸서 등에 매달았다.

대신 태현과 함께 산 싸구려 장검이 그녀의 허리춤에 달려 있었다.

"준비됐으면 가자."

"네, 사형."

고개를 끄덕이며 태현의 뒤를 따르는 선휘.

사부와 헤어진 이후 그녀는 태현에게 꼬박꼬박 사형이라 부르며 윗사람으로 대접했다.

나이로도 태현이 두 살 위이기도 했기에 어려울 것은 없었다.

171

숲 안으로 들어간 지 얼마 되지 않아 두 사람은 횃불을 밝혀야 했다.

미리 알아본 것처럼 무성한 수풀에 가리어져 햇빛이 거의 안으로 들지 않고 있었기에, 횃불 없이는 사방 분간이 어려울 정도였다.

대체 이런 곳에서 어떻게 동식물들이 살아가는 것인지 이해되지 않을 정도였다.

찌직, 찍.

꾸아악!

난생 처음 들어보는 동물들의 소리가 숲 이곳저곳에서 들려오지만 두 사람은 그저 앞 만 보고 움직인다.

지금 중요한 것은 묵살검의 흔적을 찾는 것이지 숲속 탐험이 아닌 까닭인 것이다.

하지만 자신들의 생각이 잘못되었다는 것을 깨닫는 데엔 오랜 시간을 필요로 하지 않았다.

"사형, 이대로는 안 되겠습니다. 사방분간이 안 되는 이곳에서 어디에 있는 지도 모를 그분을 찾는다는 것은 불가능한 일인 것 같습니다."

"내 생각도 마찬가지야. 다른 방법을 찾아봐야 하겠어. 우선 위로 올라가서 좀 쉬도록 하자."

"네."

172

휙.

가벼운 몸놀림으로 나무를 오른 두 사람은 어렵지 않게 햇빛이 드는 곳까지 오를 수 있었다.

미리 준비한 육포를 뜯으며 어떻게 움직일 것인지 고민하는 태현과 달리 선휘는 조용히 자리에 앉아 태양이 가져다주는 포근함을 느끼고 있었다.

삐이이이-!

그때였다.

정적을 깨고 날카로운 피리소리가 들린 것은.

까악, 깍!

푸드드드!

요란한 새의 울음소리와 함께 일제히 날아오르는 새들!

재빨리 그곳의 위치를 확인한 태현은 나무 밑으로 몸을 감추며 기운을 감추었고, 선휘 역시 그 뒤를 따른다.

바로 그 순간이었다.

파바밧!

거친 발소리와 함께 두 사람이 있는 곳 바로 위로 일단의 무리가 빠른 속도로 이동을 한다.

사람이 없다는 확신 때문인지 그들의 움직임엔 거침이 없다.

스슥, 슥.

손을 움직여 선휘에게 지금의 모습을 유지하라는 이야기는 전달한 태현은 지금보다 더 기운을 감추어 숲과 동화되기 시작했다.

그러길 반 시진.

"착각이셨나?"

검은 인영이 모습을 드러내더니 고개를 갸웃거리다 빠른 속도로 사라진다.

그것을 확인한 선휘가 움직이려하자 태현은 다시 조용한 손짓으로 만류한다.

그러길 다시 반 시진.

파바밧!

갑작스런 인기척과 함께 빠른 속도로 사라지는 한 인영이 있었다.

그제야 태현은 긴 안도의 한숨을 쉬어내곤 자리에서 일어섰다.

"이제 확실히 없으니 괜찮아."

"대체 어떻게?"

어떻게 알았냐는 그녀의 물음에 태현은 아무것도 아니라는 듯.

"느껴졌으니까."

174

"……."

선휘 자신은 조금도 알지 못했었던 부분이었다.

아무리 실력 차이가 난다고 하지만 기감을 느끼는 것은 실력차이보다는 수련의 정도 차이였다.

내심 수련 강도를 높여야 하겠다고 마음 먹고 있을 때 태현이 서둘렀다.

"느낌이 좋지 않아. 가자."

"네."

파바밧!

두 사람이 거침없이 숲 위를 달려간다.

피리 소리가 났을 때부터 태현의 심장은 거칠게 뛰고 있었지만, 놈들 때문에 움직일 수가 없었다.

그렇게 움직이길 잠시.

마치 이곳만큼은 숲도 범접할 수 없었던 듯 크진 않지만 작지도 않은 분지가 모습을 드러낸다.

곳곳에 파괴되어 있는 나무와 큰 돌들.

이곳을 감춰주고 있던 진법일 것이다.

그런 것들을 뒤로하고 태현의 발걸음은 더욱 빨라져 분지의 중심에 있는 작은 오두막으로 향한다.

이미 이곳저곳이 부서져 있는 상태였지만 그 형체만큼은 용케도 유지하고 있었다.

불길한 느낌은 항상 잘 맞는 법이다.

난잡스런 오두막 안에는 한 노인이 낡은 침대에 누워 있었다.

"사부님!"

재빨리 다가가 쭈글쭈글한 그의 손을 붙든다.

당장 죽어도 이상할 것이 없어 보이는 창백한 얼굴의 그가 눈을 떴다.

"네가… 태현이냐."

"그렇습니다. 불민한 제자가 늦었습니다."

"흐… 쿨럭!"

기침을 하자 붉은 피가 한 가득 튀어나온다.

내장 부스러기가 가득한 것이 이미 가망이 없어 보인다.

어느새 태현을 뒤따라 들어왔던 선휘가 재빨리 깨끗한 천을 찾아 건네자 태현은 묵살검의 입을 닦았다.

"누…구냐."

"백검 사부님의 제자입니다."

"사숙을 뵙습니다. 선휘라 합니다."

"후후후, 누님이 제자를 잘 두었구나. 날 좀 일으켜다오."

천천히 원래의 안색으로 돌아오며 편하게 말을 하는

176

묵살검.

하지만 그것은 결코 몸상태가 좋아져서가 아니었다.

회광반조(廻光反照).

죽기 전에 벌어지는 기현상이다.

이것이 언제까지 이어질지 모르는 상황이기에 태현은 조심스럽게 그를 일으킨다.

그 짧은 순간에도 그는 빠르게 늙어가고 있었는데, 그래도 검게 보이던 머리가 이젠 백발로 완전히 탈바꿈되어 있었다.

"너무 늦지 않아서 다행이다. 이렇게 얼굴은 보고 가게 되었으니."

"사부님….."

"내가 가르쳐 줄 수 있는 것은 이미 큰형님을 통해 네게 전부 가르쳤다. 살수란 종족들은 의외로 별 것 없거든. 큭큭, 다른 건 몰라도 적어도 살수들에겐 당하지 않도록 따로 교육법을 보냈었으니 큰형님이라면 잘 가르쳤겠지. 쿨럭!"

다시 한 번 피를 쏟아내는 그의 얼굴을 닦으며 태현은 답했다.

"완벽하지는 않습니다만 가르쳐 주시는 것은 전부 배웠습니다."

"크큭! 그거면 됐다. 세상에 완벽함이란 존재하지 않음
이니. 그보다… 이 옷을 벗겨 보거라."

그 말에 조심스레 상의를 벗기는 태현.

그러자 드러나는 묵살검의 상처.

단전이 있는 곳에 선명하게 남아있는 손자국.

검은 손은 보는 것만으로도 불길함을 풍긴다.

"흑살마장(黑殺魔掌)이란 것이다. 당하게 되면 순식간
에 장기가 망가지는 극악한 수법의 무공이지. 이곳에 왔
다가 간 놈은 스스로를 흑영(黑影)이라 칭했다. 놈은 살수
가 분명하다. 조심해야 할 것이다. 자신을 감추고 있는 놈
들 치고 제대로 된 실력을 가진 놈이 없다지만, 놈만큼은
예외가 될 것이니."

"명심하도록 하겠습니다."

"…이곳에서 북쪽으로 1리 정도 움직이면 숲 안에 작은
연못이 있을 것이다. 그 연못의 바닥 중심에 언젠가 찾아
올 널 위해 준비해 놓은 것이… 있… 크헉! 젠장… 한 번
정도… 더 보고 싶…."

툭.

회광반조의 기운이 다한 것인지 급작스런 토혈과 함께
빠르게 눈을 감는 묵살검.

그 모습을 지켜보던 태현은 고개를 숙인다.

178

자신이 조금만 더 빨리 도착했더라면 어쩌면 놈들을 막아내고 묵살검은 무사 할 수 있었을 지도 모른다.

하지만 그렇게 자신을 자책하고 후회해도 이미 벌어진 일이다.

슥.

천천히 묵살검을 자리에 뉘인 태현은 멍하니 그의 모습을 바라보고 있는 선휘를 데리고 밖으로 나왔다.

최대한 자신들의 흔적을 지우는 태현을 멍하니 보던 그녀가 물었다.

"…사형. 이대로 떠나실 겁니까?"

"놈들이 다시 돌아올 수도 있으니까."

"하지만…."

"그만! 나라고 해서 그냥 가고 싶진 않아! 하지만! 지금은 아니야. 지금은."

으득!

이를 악무는 태현의 얼굴을 보며 선휘는 말없이 그의 뒤를 쫓는다.

묵살검이 이야기했던 곳에서 얻을 수 있었던 것은 몇 가지가 있었는데, 그 중에는 놀랍게도 공청석유가 있었다.

한 방울만 섭취한다 하더라도 수십 년에 이르는 내공을 얻을 수 있다고 전해지는 영약이 무려 다섯 방울이나 존재하고 있었다.

이걸 완전히 자신의 것으로 만들 수만 있다면 족히 2갑자에 이르는 내공을 얻을 수 있는 분량인 것이다.

묵살검도 우연히 발견한 것으로 마지막으로 연락을 주고받은 이후 발견한 것이라 태현에게 주지 못한 것이었다.

언젠가 태현이 왔을 때 주려고 했던 것인데, 묵살검도 알지 못했던 것은 이미 태현이 영약이 필요 없을 정도로 많은 것을 섭취했다는 것이다.

몸 안에 있는 기운을 전부 꺼내지도 못하고 있는 지금 이걸 취한다는 것은 자살행위나 마찬가지.

결국 일말의 고민도 없이 태현은 공청석유를 선휘에게 넘겼다.

비록 묵살검 사부가 자신을 위해 남겨준 것이지만, 선휘는 백검 사부의 하나 밖에 없는 제자이고 자신에겐 필요 없는 것이니 선휘가 사용하는 것이 묵살검 사부도 좋아할 것이라 생각한 것이다.

처음엔 너무 가치가 큰 물건이라 선휘도 받지 않으려 했지만 태현의 거듭된 권유에 결국 공청석유를 그 자리에서 마셔야 했다.

공청석유를 한 번에 마신 그녀는 무려 삼일 만에 자리를 털고 일어 날 수 있었다.

그것도 완전히 자신의 것으로 만들지 못해 대부분의 기운이 몸에 잠든 상태였다.

시간이 더 주어졌다면 완벽하게 자신의 것으로 소화하겠지만, 그러기엔 영약의 기운이 너무 강했고 자신들에겐 시간도 없었다.

남겨진 단서에 따르면 황금충은 지금 누구도 알 수 없는 새로운 신분으로 살아가고 있지만, 사람 일이라는 것은 모르는 것이지 않은가.

그렇게 두 사람은 항주로 향했다.

✟

상유천당(上有天堂), 하유소항(下有蘇抗).

여덟 글자로 모든 것을 표현 할 수 있는 도시.

항주(杭州).

예로부터 물자가 풍부하고 오가는 이들이 많으며, 역사적으로도 가치 있는 장소가 곳곳에 숨어 있는 이곳.

낮에는 항주 특유의 명소들이 빛을 발하고, 밤이 되면 유흥환락의 도시 항주가 그 빛을 발한다.

밤낮 없이 밝은 도시가 바로 항주다.

상인이라면 누구든 한번쯤 항주에 가고 싶어 할 만큼 항주는 열정적인 도시였으며, 그만큼 헤아릴 수 없을 정도로 많은 돈이 오가는 곳이었다.

항주에서 손꼽히는 최고급 기루에서 기녀라도 한 명 끼고 놀려고 한다면 하룻밤에 족히 금 다섯 냥은 필요로 한다. 그것도 최저한으로 생각했을 때다.

기녀에도 등급이 있는데 최고의 기녀는 수백 냥을 들인다 하더라도 만나는 것이 쉽지 않았다.

그 정도 되는 기녀들은 돈에 좌지우지되는 것이 아니라, 스스로 만나고 싶은 상대만 만나기 때문이었다.

어쨌거나 항주는 명실공이 중원 전역에서 가장 많은 돈이 회전되는 도시였다.

"엄청나군."

항주 외각의 객잔에 자리를 잡았음에도 불구하고 객잔 앞으로 지나가는 사람의 숫자가 어마어마하다.

그것을 보며 감탄하는 태현.

족히 마차 세 대가 동시에 지나가고도 남음이 있는 거리임에도 불구하고 사람들로 인해 그 틈이 보이지 않을 정도였다.

태현이 사람들의 숫자에 놀라고 있을 때 마주 앉은 선

182

휘는 조용히 식사를 하는 것에 집중한다.

항주로 오는 동안 제대로 된 식사를 하지 못했었기에 오랜만에 만난 따뜻한 음식을 천천히 곱씹으며 먹는 중이었다.

다만 다른 것이 있다면 그녀의 얼굴이었다.

아름답던 그녀의 얼굴은 완전히 달라져서 평범해져 있었는데, 변한 것이 없다면 깨끗한 두 눈 뿐이었다.

인피면구(人皮面具)였다.

묵살검이 남긴 상자 안에 있던 물건 중 하나로 너무나 눈에 띄는 그녀의 미모를 감추기 위해 사용했다.

"음식이 식습니다."

"아, 그래."

선휘의 말이 있고서야 사람 구경에서 눈을 때곤 식사를 시작하는 태현.

백검에게 가진 재산의 대부분을 건네주었기에 현재 두 사람의 재정상태는 그리 좋은 편이 아니었다.

이전이라면 항주 안에서도 고급 객잔에 머물 수 있었겠지만 지금 가진 것으론 외곽 지역의 객잔도 감지덕지인 판이었다.

식사를 마치고 차를 내오는 점소이에게 태현이 물었다.

"진양표국이 어디에 있는지 가르쳐 주겠나?"

약간의 수고료를 주며 묻자 점소이는 친절한 태도로 대답해 주었다.

"진양표국이라면 수많은 표국이 있는 이곳 항주에서도 하나 밖에 없습지요. 헌데 표물을 맡기실 것이라면 진양 표국은 피하는 것이 좋습니다요."

"무슨 이유라도 있는 것인가?"

의외의 말을 하는 점소이에게 이유를 묻자 잠시 주변을 둘러봐 듣는 사람이 없는 것을 확인한 뒤 이야기하는 그.

"진양표국이라 하면 몇 년 사이에 무섭게 성장하는 표국이었습니다만, 그것이 밉보인 것인지 인근 표국들과 마찰을 겪었습니다요. 여기에 벌써 여러 차례 표물을 잃어버리는 일도 있어서 내부적으로도 좋지 않은 것으로 알고 있습니다요."

"그래? 흠… 일단 위치나 이야기 해주게."

"예."

점소이의 안내를 따라 향한 진양표국은 이곳이 과연 표국인가 싶을 정도로 한가했다.

얼마 전까지 잘나갔다는 말이 실감될 정도로 그 규모

184

는 상당히 컸으나, 표국을 오가는 사람이 거의 없을 뿐만 아니라 활짝 열린 대문 안으로 보이는 광경 역시 휑하기 그지없다.

인근에 있는 작은 표국들만 봐도 일꾼들이 연신 오가며 물건을 옮기느라 부산한데 말이다.

"이곳에 계신 것이 맞을까요?"

"확인해봐야지."

선휘의 물음에 대답하며 태현은 진양표국 안으로 들어섰다.

사람이 들어왔음에도 불구하고 반기는 이 하나 없는 진양표국.

보이는 사람도 없었기에 점차 안으로 걸어 들어가는 두 사람.

아무런 제지 없이 안으로 들어가던 두 사람이 사람을 만난 것은 본당에 도착을 하고 나서였다.

평소라면 아무리 표국이라 한들 본당에 손님을 들이는 경우가 거의 없었을 테지만, 하인 한 명 보이질 않으니 어쩔 수 없었다.

"뉘시오?"

이사라도 가려는 것인지 대청에 각종 짐을 가득 내놓은 사람들.

두 사람을 반긴 사람 역시 짐을 옮기던 중년 사내였다.

인상이 선해 보이고 착실해 보이는 중년인의 말에 그제야 이곳저곳에서 사람들이 나오기 시작했는데, 몇 되질 않았다.

"물어 볼 것이 있어 오게 되었는데, 사람이 없어 실례를 하게 되었습니다."

"허, 그러고 보니 대문을 닫아 둔다는 것이 실수했군. 미안하게 되었소. 표물이라면… 다른 곳을 알아보도록 하시오. 우리로선 더 이상 표물을 호송할 능력이 되질 않음이니."

허탈하게 웃으며 말하는 그를 보며 짐을 나르던 몇몇 사람들이 서러운 것인지 훌쩍이지만 주변 사람들의 질책에 금세 몸을 감춘다.

그것을 본 것인지 중년인은 고개를 저으며 뒤돌아선다.

"물건을 맡기려는 것이 아니라 한 분을 찾기 위해 왔습니다."

"누굴 찾아왔소? 이곳에 있던 사람들 대부분은 어제 떠났고, 짐을 나르는 것을 돕기 위해 온 사람들이 있긴 하지만… 당신들과 인연이 없어 보이오만?"

"육좌(六座) 선생이라 불리는 분이 계시다 들었습니다."

"선생님을?"

그제야 다시 두 사람을 바라보는 그였다.

"선생님께 제자가 있다고 듣기는 했지만 설마 이런 시기에 찾아올 것이라곤 생각지 못했습니다. 전 진양표국을 이끌었던 허무선이라 합니다."

태현과 선휘를 이끌고 움직이며 허무선은 그제야 자신의 소개가 없었다는 것을 깨닫고 소개를 한다.

그에 태현과 선휘 역시 자신의 소개를 했다.

"표국이 클 수 있었던 것은 선생님의 도움이 컸습니다. 하지만 결국 제가 운영을 제대로 하지 못하여 망하게 되었습니다만… 부끄러운 이야기지요. 지금 선생님께선 이사를 갈 집에서 먼저 머물고 계시는 중이십니다. 아무래도 몸이 불편하시다보니 장시간 외부 활동을 하기엔 무리가 있으시니…."

"그렇군요. 그보다 듣기로 표물을 몇 차례 잃어버리셨다고 들었습니다."

"후후, 들으셨습니까? 의심쩍은 곳이 한두 곳이 아니지만 결국 실패한 것은 사실이지 않습니까. 그에 대한 책임을 지다보니 표국을 운영 할 수 없게 되었고, 표국 건물을 정리하여 모두에게 위로금을 지급하고 내보냈습니다.

인근 표국들이 사람을 많이 필요로 하니 다들 금방 새로
자리를 잡을 수 있겠지요."

쓰게 웃으며 더 이상 말하지 않는 그를 보며 태현은 더
묻지 않았다.

사정이야 앞으로 알아 가면 되는 것이다.

그렇게 항주 외곽까지 나가고 나서야 그가 가리키는
집이 모습을 나타낸다.

작진 않지만 방금 전 본 건물과 크게 차이가 나는 건
물.

겨우 방 두세 칸 정도 있을 것 같은 허름한 건물을 가
리키며 그가 말했다.

"허름하긴 하지만 아직 튼튼한 집입니다. 저는 할 일이
아직 남았으니 먼저 들어가셔서 이야기하고 계십시오. 오
랜만에 사제지간이 만나는 자리이니 방해해선 안 되겠지
요."

"호의 감사드립니다."

태현은 굳이 그의 호의를 거절하지 않았다.

비밀스럽게 이야기를 할 것이 무척이나 많으니 그가
자리를 비워준다면 오히려 좋은 일인 것이다.

고개를 숙여 감사를 표하는 태현이 마음에 든 것인지
웃는 얼굴로 고개를 끄덕인 그가 휘적휘적 다시 진양표국

이 있는 곳으로 향한다.

"사람은 좋아 보이네요."

"사부님께 물어보면 확실히 알겠지."

선휘의 말에 태현 역시 공감하며 대문을 열고 안으로
들어선다.

겉보기와 달리 안으로는 상당히 잘 정돈이 되어 있었
다.

이곳저곳 필요한 곳에는 보수가 다되어 있었고, 낮지
않은 담 역시 관리가 잘 된 것인지 무너진 곳도 없어 보였
다.

주변을 둘러보며 좀 더 안으로 들어가자 방문이 열리
며 백발을 아무렇게나 늘어트린 인자한 얼굴의 노인이 모
습을 드러낸다.

"국주 왔는가?"

허무선 국주로 착각한 그의 물음에 태현은 곧장 답했
다.

"아닙니다. 육좌 선생이십니까?"

"음? 내가 그리 불리는 것은 맞네만… 누구신가?"

고개를 갸웃거리며 묻는 그.

그러고 보니 그의 두 눈에 초점이 없었다. 백안의 두
눈.

"제자 태현이 사부님을 뵙습니다."

"누, 누구라 그랬는가!"

깜짝 놀라며 되묻는 그에게 태현은 다시 답했다.

"태현이라 합니다. 사부님."

"오오! 오! 이, 이리 오너라. 어서!"

크게 놀라며 손을 휘저어 자신을 찾는 그에게 재빨리
다가간 태현이 그의 손을 붙든다.

"네가, 네가 진정 태현이란 말이냐?"

"예, 사부님. 늦게 찾아와 죄송합니다."

"허, 허허허!"

크게 웃으며 더듬더듬 태현의 얼굴을 손으로 쓰다듬는
그.

과거 황금충이라 불리며 천하의 부를 손에 쥐었던 그
라곤 도저히 생각되지 않는 거칠고 앙상한 손이 태현의
얼굴을 쓰다듬고 지나간다.

그의 두 눈에서 눈물이 흘러내린다.

"다른, 다른 형님들은?"

다급히 묻는 그에게 태현은 지금까지 있었던 일들을
조용히. 그리고 담담히 이야기 해주었다.

모든 이야기를 듣고 난 그의 얼굴에선 어느새 눈물이
말라 있었다.

"그래. 역시⋯."

"짐작하고 계셨습니까?"

"가장 먼저 몸을 피한 내가 이럴 지언데 다른 형님들은 어떻겠느냐? 자, 일단 들어 오거라."

불어오는 바람에 한기를 느낀 것인지 태현을 방 안으로 이끄는 그.

태현이 손짓으로 선휘를 불렀지만 그녀는 고개를 흔들며 부엌으로 향한다. 따뜻한 차라도 끓일 심산인 것이다.

그 모습에 태현은 어쩔 수 없다는 듯 홀로 방으로 들어선다.

방은 의외로 컸지만 들어있는 것은 거의 없었다.

한쪽 구석에 놓여 진 침상과 눈에 띄는 비차.

크고 작은 바퀴 네 개가 큰 덩치의 비차를 단단히 붙들고 있었다. 바퀴에는 튼튼한 가죽이 붙어 있어 움직일 때의 충격을 최대한 줄여준다.

몸이 불편하지 않고선 저런 것이 필요 없기에 이상하다 생각했을 때 그제야 눈에 들어오는 이상한 모습 하나.

그가 바닥을 기고 있었다.

힘들게 팔을 이용해 침상에 올라선 그가 긴 숨을 내쉰다.

"후우⋯ 이상하게 생각되느냐?"

"어찌 이리 되신 것입니까?"

"후후후. 그날 도망치다가 왼다리를 잃었었지. 그것은 형님들도 알고 놈도 알고 있는 사실이지. 그래서 마지막 연락을 주고받기 전 몸이 불편하단 핑계로 천기자 형님께 저것의 설계를 부탁드렸지. 완성하고 나선… 내 손으로 직접 오른다리를 잘랐다."

움찔!

그의 말에 태현은 움찔하며 놀랐지만 크게 티를 내진 않았고, 황금충 역시 개의치 않고 말을 이었다.

"비록 두 다리를 잃었지만 비차 덕분에 생활하는데 큰 지장은 없었다. 놈들에게서 몸을 숨기는 것도 어렵지 않았고. 하지만 몰랐던 게지. 내 눈이 이렇게 되어버릴 줄은…."

"병… 이신 겁니까?"

"발병했을 때는 이미 늦은 뒤였다. 그래도 다행히 눈이 멀기 전 허무선 국주를 만난 것이 내겐 행운이었지."

그가 허무선을 만나게 된 것은 몇 년 전의 일이었다.

당시 그는 두 눈을 잃어간단 사실에 상심하여 이곳저곳을 어렵게 떠돌고 있었고, 그 와중에 어려운 표국을 살리려 부단히 노력하는 허무선을 만나게 된 것이었다.

한번 두 번 조언을 하게 된 것이 결국 진양표국을 크게 만들었고, 그에 감복한 허무선은 그를 부모님처럼 모시며 함께 생활하게 된 것이다.

그 뒤로 진양표국은 승승장구했고, 황금충 역시 육좌 선생이란 이름으로 불리며 큰 도움을 주었다.

육좌란 자신이 칠성좌에서 여섯째였기 때문에 붙인 이름이었다.

"위험하다 생각했지만 내가 머무르고 있는 곳에 대한 정보를 남겨야 했기 때문에 마지막으로 묵살검 형님께 연락을 한 것이 삼년 전의 일이지."

"위험한 일이었군요."

"후후, 때론 은밀히 움직이는 것보다 대놓고 움직이는 것이 더 안전할 때가 있는 법이지."

당시를 생각하면 재미있다는 듯 웃음 짓던 그가 문이 열리는 소리에 조용해진다.

선휘가 때마침 차를 끓여 들어온 것이다.

"네가 선휘로구나."

말을 건 것도 아니건 만 먼저 묻는 그에게 선휘는 눈이 보이지도 않는 그에게 절을 하며 인사했다.

"사숙께 선휘가 인사드립니다."

"허허, 참으로 깨끗한 목소리인 지고. 백검 누님께 이런 제자가 생기다니… 하긴 예전부터 이상한데서 운이 트인 누님이셨지."

부러운 듯 이야기하는 그를 보며 그녀는 고개를 숙인다.

"들어 알고 있겠지만 내가 네게 가르칠 수 있는 무공은 없다. 다른 형님들에 비하면 내가 익힌 것은 잡학에 가까운 것이니 가르칠 것이 없는 것도 당연하지."

"천기자 사부님께서 말씀하시길 사부님께선 제게 무공이 아닌 다른 가르침을 내려주실 것이라 말씀하셨습니다. 또한 그것이야 말로 제가 살아가는데 있어 제일 중요한 것이 될 것이라 말씀하셨습니다."

"허… 큰 형님께서."

"제자가 많이 부족하다곤 하나 사부님의 가르침을 받을 준비가 되어 있습니다."

고개를 숙이는 태현.

묵묵히 이야기를 듣고만 있던 그가 입을 열었다.

"좋다! 내가 네게 가르쳐 줄 수 있는 것은 돈을 버는 방법뿐이다. 세상을 살아가는 데 있어 돈이란 것은 없어선 안 될 중요한 것이다. 없다 하더라도 사는데 지장이 없고, 있다고 해서 꼭 행복한 것도 아니지만 돈이란 것이 본래 그런 것이다. 그 과정에서 무엇을 얻든 그것은 너의 몫이될 것이야."

"가르침을 받겠습니다!"

"너희 두 사람이라면 진양표국을 크게 도울 수 있을 것이라 생각한다. 우선 진양표국의 일을 거들며 세상이 돌아가는 법을 눈으로 보고 익히도록 해라. 표국이야 말로 천하 금맥의 흐름을 볼 수 있는 최고의 장소가 될 것이니!"

그날로 두 사람은 진양표국의 식구가 되었다.

NEO ORIENTAL FANTASY STORY

第7章.

亂劍武林 난검두림

第 7 章.

　표국 건물까지 팔아버리고 더 이상 표국 운영을 하지 않으려 했던 허무선이었지만 거듭되는 황금충의 부탁에 결국 마지못해 표국을 계속해서 운영하기로 했다.

　"하지만 선생님. 아시겠지만 다시 표국을 운영하여 일꾼들을 고용한다 하더라도 가장 중요한 표사가 없음이니 다시 문제가 생기지 않겠습니까? 제가 무공을 배웠다고는 하지만 삼류 수준 밖에 되질 않지 않습니까."

　허무선의 허심탄회한 이야기에 황금충. 아니, 이곳에서 육좌 선생이라 불리는 그는 걱정하지 말라는 듯 웃으며 태현과 선휘를 소개했다.

"이쪽은 알고 있겠지만 내 제자들이네. 이들이라면 산적들 따위는 크게 신경 쓰지 않아도 될 것이네."

"다시 인사드리겠습니다, 국주님. 태현이라고 합니다."

"선휘라 합니다."

자리에 일어서서 고개를 숙이는 두 사람에게 같이 고개를 숙여 인사를 한 그.

하지만 여전히 불안해 보이는 그의 얼굴.

당연했다.

아무리 존경하는 육좌 선생의 말이라 하지만 두 사람은 아무리 좋게 봐줘도 약관에 불과했으니 실력이 있다는 말을 쉬이 믿을 수 없는 것이다.

그것을 눈치 챈 태현이 빙긋 웃으며 앞에 있는 찻잔을 손에 쥐었다.

그 순간.

부글부글!

치이익.

순식간에 찻잔의 차가 끓어오르더니 수증기가 되어 완전히 사라진다.

멀쩡한 찻잔을 내려놓는 태현.

완벽한 삼매진화였다.

"대, 대단한 분을 눈앞에 두고도 알아보질 못했군요."

200

정중히 사과는 허무선.

당연한 결과였다.

태현이 보여준 신기를 펼치기 위해선 최소 1갑자의 내공과 함께 내공의 수발이 완벽해야만 펼칠 수 있는 것이다.

찻잔에는 상처를 주지 않으면서 그 안의 찻물만 끓여 없애는 것은 그러지 않고선 결코 펼칠 수 없는 것이었으니까.

태현의 실력을 본 이상 선휘의 실력은 볼 것도 없었다.

"당장 줄 임금은 없지만 함께 했던 이들 중 몇은 분명 도와주러 올 것입니다. 문제는 일거리인데… 이것도 곧 알아보도록 하겠습니다."

그 말과 함께 빠르게 자리에서 일어서서 밖으로 향하는 그의 얼굴은 크게 상기되어 있었다.

"녀석도 말은 하지 않았지만 마음고생이 심했을 것이야. 작지만 3대를 이어온 표국을 자신의 대에서 접어야 했으니까 말이야. 인근에서 꽤 덕을 쌓았으니 금방 일할 사람과 일거리를 가지고 돌아올 것이다. 빠르면 내일이라도 나갈 수 있겠지."

"준비하도록 하겠습니다."

"후후, 이번 표행은 꽤 재미있을 것이니라."

"방해꾼들입니까?"

태현의 물음에 황금충은 고개를 끄덕였다.

"앞서 표행이 연속으로 실패한 것은 진양표국의 빠른 성장을 질투한 다른 상단들의 짓이 분명하겠지. 어딜 가든 급작스럽게 치고 올라오는 자를 질투하는 사람은 있기 마련이니까."

"짐작 가는 곳이 계십니까?"

그 물음에 황금충은 웃으며 말을 돌린다.

"이번 기회에 진양표국을 크게 키워보자꾸나. 너도 앞으로 황금충이란 별호는 잊어버리고 육좌란 이름으로 날 불러라. 새로운 삶을 시작해야 할 때이니."

"그리하도록 하겠습니다."

"훗날 진양표국이 커지면 네게 큰 도움이 될 것이니, 귀찮다 생각하지 말고 최선을 다하거라."

"명심하겠습니다."

허무선은 해가 다 지고 나서야 돌아왔는데 육좌의 예상처럼 그의 뒤로 꽤 많은 인부들과 수레, 말을 끌고 돌아왔다. 뿐만 아니라 표행을 나갈 수 있는 일을 얻어왔다.

겨우 마차 두 대 분량이지만 허무선의 얼굴엔 생기가

202

돌았고, 그를 돕기 위해 달려온 일꾼들 역시 고된 땀을 흘리면서도 힘든 줄 몰라 했다.

그렇게 밤새 준비를 마친 일행은 아침 일찍부터 움직였다.

표사라곤 달랑 태현과 선휘 두 명 뿐이고, 선두엔 국주인 허무선이 직접 섰으며 일꾼도 겨우 세 사람 뿐인 아주 단출한 표행이었지만 누구하나 힘들어하는 사람이 없었다.

달그락, 달그락.

낡은 마차가 비명을 질러대지만 부서지거나 할 것 같진 않다.

사람이 많은 항주를 벗어나 표행의 목적지인 가흥(嘉興)으로 가는 관도에 오르자 점차 사람 그림자가 사라지기 시작했다.

그렇게 반나절 정도를 이동했을 때였다.

선두에 서서 이동하던 허무선이 굳은 얼굴로 태현에게 다가와 속삭였다.

"평소에도 제법 많은 사람이 오가는 관도에 벌써 한 시진 째 누구와도 마주치지 않고 있습니다. 이상합니다."

"그렇다면 범인은 저 숲에 숨어 있는 자들이겠군요."

"예?!"

태현의 태연한 대답에 깜짝 놀라며 재빨리 일행을 멈춰 세우는 허무선.

"저 숲에 누가 있단 말씀이십니까?"

"인원은… 오십 정도로군요. 제법 날카로운 기세를 풍겨대는 것이 산적이라고 보기엔 좀 어렵군요. 짚이는 곳이 있습니까?"

"…앞서 저희 상단을 습격했던 자들이 아닐까 합니다. 혹시나 이럴까봐 최대한 빨리 일을 서둘렀는데."

아무리 급한 일을 받았다곤 하지만 다음날 바로 떠난다는 것이 이상하다 생각했더니 허무선 나름대로의 계산이 깔려있었던 모양이다.

문제는 적들이 허무선의 수를 먼저 읽어냈다는 것이지만.

"걱정할 정도는 아닙니다. 천천히 움직이면 됩니다. 주의할 것은 절대 짐마차에서 떨어지면 안 됩니다."

차분한 목소리로 허무선과 일꾼들에게 주의를 주자 그들은 굳은 얼굴로 서둘러 마차에 달라 붙는다.

그 모습을 확인하자 태현은 일행의 선두로 나섰고, 선휘는 만약을 위해 후위에 자리를 잡았다.

다각, 다각.

다시 움직이기 시작하는 마차.

숲에 들어서자 인부들의 움직임이 부자연스러워지며 식은땀을 흘린다.

그것은 허무선 역시 마찬가지였지만 허리춤의 검을 꼭 쥐는 것이 만약의 경우 자신도 달려들겠다는 뜻이 역력했다.

한참을 움직이던 일행의 발걸음을 멈춘 것은 관도를 막고 있는 쓰러진 나무였다.

"쓸데없이 고전적이로군."

쓰러진 나무를 보며 태현이 중얼거리고 있을 때 큰 웃음소리와 함께 일단의 무리들이 복면을 쓴 채 모습을 나타낸다.

"크하하하! 살고 싶다면 모든 것을 내놓아야 할 것이다!"

모습을 드러내며 살기를 일으키는 그들.

그 위협에 짐꾼들이 움츠러든다.

'오래 끌어서 좋을 것이 없겠어. 당장은 버티고 있지만 이대로라면 자신감이 없어질 거야.'

자신감이 떨어진 일꾼들은 더 이상 표행에 나서지 않으려 할 것이다. 아무리 돈을 벌어야 한다고 하지만 목숨을 내놓고 싶은 마음을 없을 테니까.

왜 일꾼들이 품삯을 작게 받는 한이 있어도 대형표국

에 몸을 의탁하려 하겠는가. 강한 표사가 있는 표국의 표행에선 죽을 위험이 극히 줄어들기 때문이다.

그런 그들을 위해서라도 힘을 보여주는 것이 좋았다.

다시 돌아가게 된다면 그들의 입을 통해 진양표국의 능력은 다시 평가 받게 될 것이니까.

저벅.

"돌아가라."

한 걸음 앞으로 나서며 기운을 일으켜 모두를 살기에서 벗어나게 만든 태현의 말에 가장 먼저 입을 열었던 자의 얼굴이 씰룩인다.

복면으로 얼굴을 가렸음에도 티가 날 정도로.

"권주를 마다하고 벌주를 굳이 마시겠다면 어쩔 수 없지. 죽여라!"

그는 길게 이야기를 가져 갈 생각이 없었는지 즉시 수하들에게 명령을 내렸고, 그와 함께 일행을 포위하고 있던 자들이 움직였다.

"목숨 아까운 줄 모르는 자들이로군."

우우웅!

일순 토해내는 강렬한 살기!

오금을 저미는 강렬한 살기에 달려들던 자들의 몸이 순간 얼어 붙는다.

그 순간을 놓치지 않고 태현의 검이 검집을 벗어나 지면을 향한다.

카카칵!

날카로운 소리를 내며 마차를 중심으로 2장의 거리를 두고 길게 그어지는 선명한 금!

"넘어오면… 죽는 거다."

농담처럼 이야기하지만 그 속에 섞인 살기는 진짜였기에 그들은 얼어붙은 채 움직일 줄 몰랐다.

가장 먼저 정신을 차린 것은 이들을 이끄는 자였다.

"크흑…! 물러선다!"

목숨은 누구나 하나다.

아무리 돈이 좋다하더라도 살고 봐야 하기 때문에 놈들은 천천히 물러선다.

그런 놈들을 보며 허무선이 뭐가 입을 열려 했지만 먼저 그의 입을 막은 것은 태현이었다.

손짓으로 입을 다물라는 표현을 한 것이다.

놈들이 완전히 물러난 것을 확인하자 태현은 가볍게 검을 휘둘러 관도를 막고 있는 나무를 베어낸다.

후두둑!

잘게 부서져 바닥으로 떨어진 나뭇조각을 장력을 이용해 좌우로 밀어내고 나서야 표행은 이어 질 수 있었다.

"방금 전은 왜 막은 것입니까? 놈들의 정체를 캘 수 있다면 돌아가서 항의를 할 수 있을 겁니다."

"지금 정체를 밝혀낸다 하더라도 그게 과연 통용되겠습니까? 이런 일을 벌일 자들이라면 처음부터 실패를 염두에 두고 움직였겠지요. 지금쯤이면 실패 소식이 벌써 귀에 들어갔을 테니 꼬리를 잘라냈을 겁니다."

"으음…!"

태현의 차분한 설명에 허무선은 아쉽지만 뭐라 말 할 수 없었다. 모두가 사실이기 때문이다.

만약 자신이 이런 일을 벌인다 하더라도 같은 일을 할 것이 분명하기 때문이다.

물론 애초 자신은 이런 일을 벌일 생각도 없지만.

"일을 나서기 전 사부님께서 말씀하시더군요. 이번 일을 무사히 처리하고 난다면 진양표국은 다시 일어설 수 있을 것이고, 그 과정에서 큰 거물을 상대해 물리친다면 이전 그 이상의 성세를 누릴 것이라 말입니다."

"예?"

"곧 알게 될 겁니다."

알듯 말듯 한 태현의 말에 그는 고개를 흔들었다.

"실패?"

수하의 보고에 연초를 태우던 중년인은 얼굴을 찡그렸다.

최고급의 비단으로 만들어진 옷을 입은 그는 척 봐도 돈 많은 행색이었고, 그의 집무실을 치장한 것들을 내다 팔면 한 평생 놀고먹을 돈이 생길 정도였다.

아무리 항주의 상단과 표국들이 돈을 많이 번다고 하지만 이런 규모의 사치를 부리고도 규모를 유지 할 수 있는 곳은 그리 많지 않다.

"쯧… 한심한 놈들 같으니. 천라표국에 연통을 넣어라. 급히 만나자고."

"예."

수하가 물러서자 연초를 비며 끄곤 자리에서 일어서는 사내.

운동과는 담을 쌓은 듯 큰 덩치의 그는 자리에서 일어서는 것조차 힘에 겨운 지 작은 한숨을 내쉰다.

"진양표국이라… 참으로 신경 쓰게 만드는 놈들이란 말이지?"

얼마 있지도 않은 수염을 당기며 중얼거리는 그.

천라표국(天羅鑣局)과 함께 항주 이대표국으로 불리는 팔황표국(八荒鑣局)의 주인인 황태경이었다.

탐라(貪癩)라 불릴 정도로 남의 것을 탐하고 자신의 것을 누구에게도 내주려 하지 않는 자였다.

그에게 밉보인 상단과 표국이 몇이나 문을 닫은 것인지 셀 수 없을 정도였다.

특히 크게 성장하여 자신의 팔황표국에 위협을 가하려한다면 크기 전부터 짓밟아버리는 일을 어렵지 않게 벌이는 자이기도 했다.

진양표국 역시 그런 방식으로 없애려 한 것이 바로 그였다.

정확히는 팔황표국과 천라표국의 합작이었다.

드르륵!

"그렇지 않아도 자네를 찾았던 참이네."

연락을 보낸 것이 방금 이건만 기다렸다는 듯 문을 열고 안으로 들어오는 호리호리한 사내.

황태경과 정 반대의 몸을 가진 그의 무례한 등장에 황태경을 얼굴을 일그러트리지만 그것도 잠시였다.

"앉지."

"음."

기다렸다는 듯 자리에 앉는 사내.

평균보다 더 마른 몸에 얼굴 인상도 날카로운 그가 바로 천라표국의 주인 강양석이었다.

천라표국과 팔황표국은 세워진 시기도 비슷하고 성장속도 역시 비슷했기에 서로에 대해 너무나 잘 알고 있었다.

서로에 대한 경쟁심으로 크게 성장했고, 나중에는 손을 잡음으로서 주변 적들을 없애고 지금의 항주 이대표국이란 자리에 오를 수 있었다.

생긴 것은 다르지만 같은 종류의 부류인 것이다.

오죽하면 사람들이 그에게 전귀(錢鬼)라 부르겠는가.

"자네가 날 찾았다는 것은 소식을 들었다는 것이겠지."

"내가 조금 빨랐나 보군."

"……."

이죽이며 웃는 강양석을 보며 황태경은 얼굴을 구긴다.

그가 떠나는 대로 정보를 취급하던 자에게 벌을 내릴 마음을 먹은 황태경이다. 아무리 손을 잡았다곤 하지만 천라표국보다 못한 것은 참을 수 없는 수모였다.

"중요한 것은 이런 것이 아니라, 놈들이 다시 시작했다는 것이겠지. 우리가 왜 놈들을 눌러버렸나? 무섭도록 빠르게 성장하는데다 주변 사람들의 덕망까지 높아서였지 않았나?"

"쯧… 돈이 떨어지면 적당히 챙겨들고 도망칠 줄 알았더니 말이야."

입을 다시는 황태경.

이제까지 수많은 이들이 상단과 표국이 무너질 때 자신의 몫을 챙겨 도망갔었다.

헌데, 진양표국의 허무선은 달랐다.

표국의 자존심이라 할 수 있는 건물을 판돈으로 끝까지 일꾼과 표사들을 챙겼고 덕분에 큰 덕망을 살 수 있었다.

두 사람으로선 도저히 상상도 할 수 없었던 행동이었다.

"어쩌면 놈이 다시 시작할 수 있다는 것도 생각해두었던 것이 아닌가? 그렇기에 만약을 대비해 예의주시하고 있었던 것이고."

"하지만 실패했지. 제법 굉장한 고수를 포섭한 모양이야."

"그렇겠지. 그러니 그 작은 인원으로 표행을 나선 것일 테고."

"그래서 어쩌자는 거냐?"

황태경의 물음에 강양석은 음흉한 미소를 지었다.

"당연히 눌러줘야지. 나도 그렇지만 자네도 괜히 돈 들여가며 군식구를 받아 준 것이 아니지 않은가?"

"호…? 그들을 써먹자?"

"그렇지! 뒷돈 좋아하는 놈들이 제법 있으니 조용히 처리 할 수 있을 것이야."

강양석의 제의에 황태경은 괜찮다는 듯 턱을 쓰다듬는다.

어느 정도 규모가 되는 표국에는 커다란 사랑채가 전각으로 존재한다.

그곳엔 꽤 많은 이들이 머물곤 하는데, 그들 모두가 제법 실력이 되는 무림인들이었다.

표국과 인연을 맺은 그들을 먹여주고 재워주며 만약의 사태에 대비하는 것이다.

그 대부분은 좋지 않은 일들로 인해 갈 곳이 없어 머물게 되는 자들이니 만큼, 적당한 돈만 쥐어준다면 이번 일을 처리하는데 있어 적격이지 않을 수 없었다.

"좋아. 난 괴공삼제(怪功三弟)를 내보내도록 하지."

"호? 나도 격을 맞추어야 할 테니… 일검이도(一劍二刀)를 내보내지."

"서로 미친놈들을 내보내다니… 재미있겠군."

황태경의 말에 강양석이 웃었다.

괴공삼제는 기이한 무공을 쓰는 세 형제를 칭하는 말이었다. 어디서 배운 것인지 정체도 알 수 없는 기괴한 무공을 사용하는데 인근에서 그 상대가 없다고 전해질 정도였다.

일검이도 역시 두 사람을 칭하는 것인데 단순한 이름과 달리 그들이 펼치는 합격술은 무림일품이란 소문이 자자했다.

다만 이들 모두 제 정신은 아니었다.

무림에서도 위험한 자들로 취급되고 있었으니까.

그들이 진양표국을 노리기 시작했다.

✝

다행이 놈들의 습격이후엔 정상적인 관도의 모습을 되찾을 수 있었다.

대체 어떻게 사람들을 막았나 했더니 산 반대편에서도 나무를 쓰러트려놨던 것이다. 덕분에 그걸 치우기 전까지는 사람들이 이러지도 저러지도 못하고 있었다.

뒤편에서도 사람이 오지 않았다는 것이 좀 의아하긴 하지만 표행을 마치고 돌아가서 사정을 알아본다면 되는 일인지라 일행은 빠른 속도로 가흥을 향해 움직였다.

본래 가흥은 가흥왕부가 있던 곳으로 절강에서도 소비가 많은 도시 중의 하나였었다.

그랬던 도시가 수십 년 전 새로운 황권이 세워지며 된서리를 맞았고, 가흥왕부 역시 쥐새끼 한 마리 살지 못하는 곳으로 변해버렸다.

얼어붙었던 가흥의 경기가 풀리기 시작한 것은 몇 년 전부터였고, 빠른 속도로 예전의 소비가 살아나고 있는 곳이기도 했다.

다시 말해 기회의 땅인 것이다.

특히 항주와 매우 가까운 곳이기 때문에 수많은 상인 들이 호시탐탐 기회를 노리고 있는 곳이기도 했다.

"앞으로 하루만 더 가면 가흥에 도착 할 수 있을 겁니 다. 그곳에 가면 오랜만에 아내와 자식을 볼 수 있겠군 요."

"결혼하셨습니까?"

이제까지 그런 모습이 전혀 보이질 않았기에 결혼을 하지 않았다고 생각했었기에 태현은 조금 놀랐다.

그 모습에 그는 부끄러운 듯 시선을 피하며 답했다.

"사실 젊었을 적 혈기로 집안의 반대를 무릅쓰고 집을 나가 결혼을 했었습니다. 어떻게 집안을 이어 받기는 했 습니다만… 하하, 그게 좀 그렇습니다."

웃는 그에게 태현은 고개를 끄덕일 뿐 더 이상 묻지는 않았다.

허무선이 집안을 이어야만 했던 결정적인 이유가 바로 부모님의 돌연사였기 때문이었다.

간만에 떠난 표행에서 변을 당한 것이다.

당시엔 진양표국도 아주 작았었기에 그런 사고가 일어났다 하더라도 운이 없었노라 치부하는 수밖에 없었다.

"어쨌거나 보고 놀라지나 마십시오. 제 입으로 이런 말을 하기는 좀 그렇지만 제 아내의 미모와 음식 솜씨가 끝내줍니다!"

"국주님 또 마님 자랑을 하십니까?"

"하하하!"

짐꾼 중 한 사람의 말에 모두가 크게 웃는다.

위험을 무릅쓰고 그를 따른 자들이니 만큼 이미 서로에 대해 속속들이 잘 알고 있는 사람들이었기에 그는 계면쩍은 듯 헛기침을 흘린다.

그때였다.

"정지!"

태현의 다급한 목소리에 재빨리 마차를 세우는 사람들.

그들이 서자 태현은 재빨리 앞으로 움직여 마차와의 간격을 십여 장 유지했다.

"킬킬킬, 제법 감이 좋은 놈이로구나!"

"실력이 좋다 하더니, 거짓이 아니었어."

"오랜만에 피 맛을 보겠구나."

"놈의 머리는 내 몫이다."

시끄럽게 떠들어대며 모습을 드러내는 다섯 사람.

처음부터 적의를 감출 생각도 없는 것인지 살기를 드러내며 등장한 그들의 모습에 허무선과 일꾼들이 재빨리 마차에 가까이 다가선다.

선휘도 이번만큼은 뒤에 있을 수 없었던 지 앞으로 나섰다.

그만큼 저들 다섯이 뿜어내는 기운은 보통이 아니었다.

하나하나 놓고 본다면 크게 고수라 불릴 자들은 없었지만 어딘지 모르게 저들이 함께 있으니 큰 위협이 느껴지고 있었다.

"너희들은 누구냐?"

조용히 묻는 태현에게 그들은 일제히 서로의 얼굴을 바라보더니 크게 웃었다.

"크하하하!"

"쿠헤헤헤!"

"이히히힉!"

각양각색의 웃음소리가 울려 퍼진다.

"아이야. 살기를 받으면서도 그런 멍청한 질문을 하는 경우도 있더냐? 그저 넌 목을 길게 뽑아 놓고 기다리면 되는 것이야. 그럼 이 칼이 뎅겅 잘라 줄 것이니!"

"다시 붙여주진 못하겠지만, 킬킬킬!"

"시끄럽다 막내야."

"언젠 안 그랬소? 킬킬. '

장난치며 웃는 그들의 몸에서 뿜어져 나오는 기세는 점차 매서워지고 있었지만 정작 태현의 얼굴은 무덤덤하기 짝이 없었다.

저들 모두를 더해봐야 그날 감영이 뿜어내던 기운의 반도 되질 않는 것이다.

그날 감영이 태현에게 기운을 집중했기에 선휘는 잘 몰랐지만 감영이 뿜어낸 기세는 이것과 비교 할 수 없을 정도였다.

'잘하면 둘 정도는 가능하겠는데?'

자신이 질 것이란 걱정 따윈 애초에 없었다.

그렇기에 선휘가 몇이나 상대하는 것이 좋을지에 대해 고민하는 것이다.

태현도 실전이 부족한 것은 사실이지만 압도적으로 실전을 필요로 하는 쪽은 선휘였다.

자신이 익힌 천검은 수련을 통해 극복 할 수 있는 종류의 것이지만, 선휘가 익힌 광휘검공은 철저한 실전무공이다.

실전을 거치지 않고선 앞으로 더 나아갈 수 없는 것이다.

휙.

머릿속을 정리한 태현은 아직도 떠들어 대고 있는 놈들을 향해 가볍게 뛰어들었다.

아무 기척도 내지 않고 가볍게 달려드는 태현을 확인한 놈들이 일제히 달려든다.

"내꺼다!"

"내가 처리할 거다!"

"비켜라!"

기다렸다는 듯 달려드는 그들.

이곳에 오기 전 진양표국의 표물을 지키고 있는 표사의 목을 벨 경우 제법 많은 돈을 받기로 했었기에 돈독이 올라있는 그들로선 스스로 죽음을 재촉하는 태현은 좋은 먹잇감 그 이상도 이하도 아니었다.

적어도 태현의 검이 발검되기 전까진.

스릉.

날카로우면서도 가벼운 소리가 짧게 들려오고.

그의 검이 빠른 속도로 사방을 휘저어간다!

"헉!"

"헙!"

쩌어엉!

놀라는 소리가 들리기 무섭게 둔탁한 소리와 함께 태현의 검을 막았던 대태도가 처참하게 부서진다!

사방으로 비산하는 조각에 크게 상처 입은 일검이도의 이도가 피를 뿌리며 뒤로 튕겨나고, 나머지가 빠르게 기운을 일으키며 태현을 잡기 위해 동분서주하지만 놈들보다 족히 두 배는 빠른 태현을 잡는다는 것은 불가능한 일이었다.

스슥.

가볍게 공격하곤 바람처럼 사라지는 태현.

쉽지 않은 싸움이 될 것이라 생각한 괴공삼제의 첫째가 홀로 남은 일검을 향해 소리쳤다.

"우리가 맡을 테니 넌 저놈들부터 처리해! 확실하게 나누는 것 잊지 말고!"

"쯧!"

혀를 차며 선휘를 향해 몸늘 날려가는 일검.

그 모습을 보면서도 태현은 굳이 그를 제지하지 않았다. 그렇지 않아도 어떻게 선휘에게 한 놈을 보낼 수 있을까 고민하고 있었으니까.

손발이 맞질 않는 일검이 빠지자 괴공삼제의 손속이 바빠지기 시작했다.

정확하게 품자 형태를 갖추곤 공수 연계를 한 호흡도 놓치지 않는다. 호흡이 맞길 시작하다 더 강한 모습을 보이는 그들이었지만 여전히 태현에겐 큰 감흥을 주지 못했다.

220

비록 놈들이 쉽게 보기 힘든 무기인 겸(鎌), 조(爪), 쌍소검(雙小劍)을 쓰는 덕분에 검이나 도와 다른 기이한 궤적을 그리는 것은 사실이지만 그뿐이었다.

어지간한 무기는 이미 석산에서의 수련을 통해 만져보고 직접 느껴보며 장단점을 완벽하게 파악했기 때문이다.

한 번도 저런 무기를 쓰는 자들을 만나지 못했다면 당황하다 스스로 자멸 할 수도 있겠지만, 정작 무기의 특성을 아는 자들이라면 그리 어렵지도 않은 상대였다.

서컥!

눈앞에서 날카로운 소리를 내며 지나가는 겸을 어렵지 않게 피해낸 태현은 이어지는 그들의 공격을 빠른 몸놀림으로 피해낸다.

그러면서도 그의 몸은 어느 순간 자리에 딱 붙은 듯 거의 움직이질 않는다.

압도적인 실력 차였지만 그것을 눈치 채지 못한 그들은 연신 무기를 휘두르기 바빴다.

깡!

검이 부딪치는 소리와 함께 뒤편에서 날카로운 소리가 연신 들려온다.

까깡! 깡!

카카칵!

날카로운 검이 서로 부딪치며 연신 불똥을 튀어내는 가운데 어느새 선휘와 일검이 날카롭게 부딪치고 있었다.

실력만 놓고 본다면 일검도 나쁘지 않은 편이었다.

잘 준다면 일류에 겨우 턱걸이 할 정도.

선휘의 실력이 일류 정도 되니 사실상 그를 압도해야 하는 것이 정상이지만 압도적인 실전 경험의 차가 실력의 차이를 메우고 있었다.

본래 광휘검공이란 압도적인 빠르기로 상대를 단숨에 제압을 하는 무공이다.

그야말로 찰나의 순간에 모든 것을 거는 무공인 것이다.

그것을 알면서도 행하지 못하는 선휘의 모습은 전형적인 실전부족이었다.

이 고비를 넘기지 못한다면 자칫 목숨을 잃을 수도 있는 위험한 순간이기에 태현 역시 두 사람의 싸움에 눈을 떼지 않았다.

"헉, 헉!"

"이… 개자식아!"

"적당히 해라!"

자신들을 무시하는 듯 한 태현의 행동에 분노하면서도

이제까지 단 한 번도 공격을 성공하지 못하고 있다는 사실
에 이제야 실력차이가 어마어마하다는 것을 깨닫는 그들.

사실 실전이 모자란 것은 태현 자신도 마찬가지였기에
이들을 상대로 싸워보려 했으나, 격차가 너무 나는 상대
다 보니 큰 도움이 되질 않았다.

오히려 선휘를 살펴야 하는 입장에서 거추장스럽다.

"어쩔 수 없나."

스컥!

짧은 한숨과 함께 태현의 검이 무심하게 움직이고.

"어?"

푸확-!

세 사람의 목이 동시에 떨어져 내린다.

육신이 무너지며 튀어 오르는 피를 피해 몸을 옮긴 태
현은 서로에게 몰두하고 있는 두 사람을 지켜보기 시작했
다.

슬금, 슬금.

처음 한 수에 큰 상처를 입고 땅에 쓰러졌던 이도는 단
일검에 목숨을 잃는 괴공삼제를 보며 슬며시 상황을 빠져
나가려 했지만 어느새 태현의 검이 그의 코앞에 박혀든
다.

"움직이지 않는 것이 좋아."

"……."

가볍게 이도를 제압한 태현의 시선은 선휘의 몸놀림을 유심히 지켜본다.

앞으로 백검 사부를 대신해 그녀를 가르쳐야 하는 것은 자신이기에 그녀의 몸동작 하나하나에 신경 쓰는 것이다.

"역시 아직도 굳어있군."

제일 큰 문제는 긴장감을 없애지 못하고 있단 사실이었다.

긴장감으로 몸이 굳는다면 제 실력의 5할도 발휘하기 어렵다. 그나마 그녀의 상태는 좀 나은 편이긴 하지만 그래도 제 실력을 발휘하고 있다 할 순 없었다.

어떻게 가르쳐야 할 것인지 시간이 지날수록 조금씩 감이 잡혀간다.

쩌엉!

그러는 사이 조금씩이지만 선휘가 밀리기 시작했다.

단 시간에 경험의 차이를 메우기엔 어려웠던 것이다.

쩌억!

서로의 검이 부딪치는 순간 선휘의 검에 크게 균열이 간다. 눈에 보일 정도로 선명한 균열에 크게 당황해하는 선휘!

224

그에 반해 승기를 확실히 잡았다고 생각한 일검이 더욱 강하게 밀어 붙이려는 그 순간이었다.

"거기까지."

뻐억!

짧은 소리와 함께 태현의 왼 주먹이 매섭게 일검의 복부를 후려친다.

얼마나 강하게 때린 것인지 먹었던 것을 토해내며 자리에 쓰러지는 그.

"하악, 학!"

거칠게 숨을 토해내는 선휘의 몸은 땀으로 흠뻑 젖어 있었는데, 인피면구를 한 얼굴만큼은 멀쩡했다.

인피면구 밑으로는 땀이 한 가득이겠지만 말이다.

"너, 이놈 치워라."

"예, 옙!"

태현의 한 마디에 자리에서 벌떡 일어선 이도가 재빨리 다가와 일검을 한쪽으로 치운다.

자신으론 그의 한 수 상대도 되지 않는다는 것을 방금 전 다시 한 번 깨달았기에 거부란 있을 수 없었다.

기분 변화에 따라 목숨이 사라질 수도 있는 곳이 무림이니까.

살기 위해서라도 태현의 비위를 맞추려는 것이다.

"아직도 몸이 굳었어. 적당한 긴장은 몸에 활력을 주지만, 과도한 긴장은 제 실력을 발휘 할 수 없게 만들어. 게다가 네가 익힌 검술은 이런 식으로 싸우는 것이 아니다. 그건 네가 더 잘고 있겠지."

"네, 사형."

이를 악물며 대답하는 그녀를 보며 태현은 더 말하지 않았다.

지적하려고 한다면 한참 더 할 수 있을 것 같았지만, 그녀 스스로 잘못된 점을 찾고 있는 것 같으니 굳이 간섭할 필요가 없어 보였다.

"너희는 날 따라와야 하겠다. 불만 있으면 말하고."

"어, 없습니다!"

군기가 바짝은 이도를 보며 피식 웃은 태현은 곧 일행을 이끌고 가흥으로 향한다.

항주에 비교할 바는 아니지만 가흥 역시 작은 도시는 아니었다.

절강에서 다섯 손가락 안에 꼽을 수 있는 거대 도시가 바로 가흥인 것이다.

그런 규모를 가지고서도 그동안 침체기를 겪었다는 것만 봐도 과거 가흥왕부가 차지하던 위상이 보통이 아님을 말해주는 것 같다.

가흥 안으로 들어서자 일꾼들의 얼굴이 눈에 띄가 밝아졌는데, 무사히 가흥까지 왔을 뿐만 아니라 새로운 표사들의 실력이 대단함을 깨달았으니 자연스레 진양표국이 다시 일어 설 것임을 알았기 때문이었다.

다시 시작하는 진양표국이다.

그런 만큼 진양표국의 규모가 다시 커진다면 자신들의 승진이 빨라질 것은 당연한 일이었다.

"우리는 거래처에 물건을 가져다주고 올 테니, 이곳에서 쉬고 계십시오. 도시 안이니 굳이 두 분의 실력이 필요하진 않을 것입니다."

허무선의 말에 태현은 자신의 뒤를 따르고 있는 두 사람에게 말했다.

"너희가 국주님과 표물을 지켜. 이대로 튀면 재미없을 거야. 알지?"

"철저히 하겠습니다!"

"맡겨주십시오!"

일사분란하게 대답하는 일검이도.

그날 이후 정신을 차린 두 사람을 이곳에 오는 동안 철저히 제대로 교육을 시킨 태현이다.

덕분에 지금에 와선 그의 말이라면 죽으라는 것만 빼

고 모두 하는 지경에 이르렀다. 교육 과정에서 몰래 탈출하는 일도 있었지만 그때마다 번번이 태현에게 잡혀 왔기에 이젠 도망치는 것을 아예 포기한 두 사람이었다.

그렇게 모두가 떠나는 것을 확인하고 나서야 태현은 선휘와 함께 객잔으로 들어갔다.

미리 허무선이 객잔의 별채를 잡아놓았기 때문에 두 사람은 사람들의 시선을 피해 편하게 쉴 수 있었다.

특히 인피면구 때문에 제대로 된 세안도 할 수 없었던 선휘는 오랜만에 따뜻한 물에 몸을 씻으며 충분한 휴식을 취할 수 있었다.

그녀가 몸을 씻는 동안 태현은 가부좌를 틀고 앉아 명상에 빠져든다.

내색하진 않았지만 괴공삼제의 목을 벤 것은 태현에게 있어 첫 살인이었다.

첫 살인의 기억은 죽음과 생의 경계에서 살아간다 하는 무림인들도 쉽게 떨치지 못한다고 한다.

태현 역시 마찬가지였기에 이곳으로 오는 동안 틈틈이 명상을 하며 마음을 다스렸고, 오늘 역시 마찬가지였다.

'살인을 했다는 것에 큰 의미를 두어 자신을 가두어서도 안 되고, 의미를 두지 않아 가치 없는 살인을 해도 안 된다. 천기자 사부님께서 오래전 말씀하시길 무림인이라

228

면 살인을 할 수도 있지만 죽임을 당할 수도 있는 문제라 하셨다. 또한 살인을 하는데 있어 큰 의미를 부여하지도, 지나치지 말라고 하셨다. 쉬이 이해 할 수 없는 말씀을 왜 내게 하셨는가 싶었더니 이런 때를 위함이었구나.'

다시 한 번 사부님들에 대한 존경심이 솟아난다.

첫 살인의 감각은 머릿속을 어지럽히기 마련인데 천기자는 일부러 어려운 문제를 화두로 던짐으로서 태현이 다른 길로 빠져들지 못하도록 만든 것이다.

평범한 사람이었다면 천기자의 말을 이해하려고도 떠올리려고도 하지 않았겠지만, 태현은 달랐다.

천기자의 말을 다시 하나하나 세세하게 떠올리며 다시 곱씹고, 자신의 상황에 대입한다.

그럼으로서 불필요한 생각들을 버린다.

자칫 주화입마에 걸릴 수도 있는 일이건만 태현은 어렵지 않아 위기를 넘기고 있었다.

"오늘은 마음껏 먹고 마십시다!"

"그 말씀을 기다리셨습니다, 국주님!"

"오늘 절대로 마님께 보내지 않을 겁니다."

"어이쿠, 그건 안 되는데?"

"푸하하핫!"

엄살을 피우는 허무선 국주의 반응에 일꾼들은 크게 웃으며 객잔으로 향한다.

그들을 뒤에서 호위하며 일검이도는 긴 한숨을 내쉰다.

"우리가 어쩌다 이렇게 됐냐, 아우야."

"묻지 마시오, 형님. 그 괴물 같은 놈에게서 도망 칠 수 있었다면 벌써 그러고도 남았을 것이오. 어쩌면 지금 이 순간에도 우릴 지켜보고 있을 지도 모르오."

자신이 말해 놓고도 소름 돋는 듯 일검과 함께 사방을 둘러보는 이도.

"두 분께서도 오늘은 편하게 쉬십시오. 비록 좋지 않은 상황으로 만났으나 이곳까지 오는데 두 분의 힘이 컸다는 것은 자명한 사실. 과거의 원은 씻어 버리도록 하지요."

어느새 두 사람에게 다가와 말하는 허무선 국주를 보며 두 사람은 긴 한숨을 내쉰다.

아무리 생각해도 일을 잘못 맡은 것 같았다.

"자네는… 아니, 국주는 정말 술 한 잔으로 모든 원을 씻으려는 것인가?"

일검의 물음에 허무선은 단호히 고개를 끄덕인다.

"원이라는 것은 길게 끌수록 좋을 것이 없다고 하셨습

230

니다. 저희 측에서 피해를 입은 것도 없으니 쉽게 잊혀 질
원인 셈이지요."

"그런가… 소개가 늦었군. 우리는 일검이도란 별호로
불리는 사람들이네. 내가 일검 장홍이고."

"내가 이도 여치라고 한다."

"국주의 뜻이 그렇다면 우리 역시 지난날의 과오를 잊
고 함께하는 동안 힘 것 돕도록 하겠네. 아무래도 그분께
꽤나 밉보인 것 같으니."

말하면서 쓰게 웃는 일검을 보며 허무선 역시 어색한
웃음을 지어 보인다.

그 역이 이곳으로 오는 동안 두 사람이 당한 교육을 빙
자한 고초를 두 눈으로 직접 보았기 때문이었다.

"으으… 머리야."

얼마나 많은 술을 마신 것인지 연신 울리는 머리를 붙
들고 새벽 같이 자리에서 일어선 허무선.

다들 술에 취해 쓰러져 있는 동안 조심스레 옷을 챙긴
그가 밖으로 나서자 어젯밤 술을 마시지 않은 태현과 선
휘가 가볍게 몸을 움직이고 있었다.

"벌써 일어나셨습니까?"

아직 자고 있을 줄 알았기에 놀라 묻는 그에게 태현은

빙긋 웃으며 대답했다.

"저희야 항상 이런 시간에 일어납니다. 해가 뜨기 시작할 때쯤의 수련은 꽤 효과가 좋은 법이니까요."

"그렇군요. 잠시 전 집엘 좀 다녀 올 터이니 식구들을 좀 부탁드리겠습니다."

"알겠습니다."

태현의 대답에 안도하며 고개를 숙이곤 빠르게 객잔을 벗어나는 허무선.

그의 뒷모습을 바라보던 태현의 시선이 다시 선휘를 향하고 중단되었던 수련이 재개된다.

"역시 사람이 잘 되기 위해선 부지런해야 하는 거야. 아무리 술을 마시지 않았다곤 하지만 이런 시간에 수련을 하고 있었을 줄은…"

방금 전의 광경을 떠올리며 허무선은 고개를 저었다.

그 역시 무공을 수련하긴 했지만 삼류 수준에 머무르고 있었는데, 배운 무공이 별 것 아닌 것도 있지만 기본적으로 그에게 무공에 대한 재능이 없기 때문이었다.

실력은 얼마 안 되지만 그런 그도 알고 있는 것이 있다면 어떤 분야에서든 성공하기 위해선 노력을 해야 한다는 것이었다.

"으으, 아직은 새벽에도 좀 쌀쌀하군."

어스름하게 해가 떠오를 때라 그런 것인지 제법 쌀쌀
맞은 바람이 불어온다.

그렇게 한참을 걸은 끝에 허무선은 한 채의 집 앞에 설
수 있었다.

작은 장원이지만 꽤나 높은 담은 집 안을 볼 수 없게
만들고 있었는데, 정문 위에 걸린 현판의 이름은 이곳 가
흥 사람들에게 꽤나 유명한 곳이었다.

녹원장(綠園牆).

성격 괴팍한 장주가 있는 곳이지만 그 실력만큼은 탁
월하여 있는 집 자제들이 가르침을 받기 위해 찾는 곳으
로 알려져 있었다.

특히 녹원장 출신으로 한림원에 들어선 인물이 한 둘
이 아님이니 적어도 절강에선 손에 꼽히는 명사인 것이
다.

그런 녹원장의 정문을 바라보는 허무선의 몸이 살짝
떨려온다.

"후우… 후우… 가자."

몇 차례나 숨을 가다듬은 뒤에야 그는 대문을 두드렸고,

얼마 지나지 않아 문이 열리며 중년인이 고개만 내민다.

"이 새벽에 뉘… 어? 국주님!"

허무선의 얼굴을 확인한 그는 깜짝 놀라며 문을 열고 나왔고, 알고 있던 얼굴의 등장에 긴장하고 있던 허무선은 살짝 안도의 한숨을 내쉬며 그의 손을 잡았다.

"오랜만일세, 장씨. 그동안 건강했는가?"

"몸 튼튼한 것만 빼면 시체인 제가 어디 아플 때가 있겠습니까? 그런데 대체 어떻게 된 것입니까? 난데없이 아가씨와 아기씨를 보내시는 바람에 한 바탕 난리가 났습니다요! 다행히 아가씨가 장주님을 잘 설득하신 모양입니다만, 그때는 정말 장난이 아니었습니다."

"하하하, 그렇게 되었네. 그보다 아내를 만나고 싶은데 괜찮겠나?"

"물론입니다요. 그렇지 않아도 기다리고 계시는 걸요?"

"뭐?"

허무선이 뭐라 말을 하기도 전에 장씨라 불린 중년인은 있는 힘 것 정문을 밀어 크게 열며 외쳤다.

"국주님께서 오셨습니다요!"

쩌렁쩌렁 장원 전체를 울리는 그 목소리에 허무선의 얼굴이 창백해진다.

"국주님께서 오셨습니다요!"

밖에서 들리는 익숙한 목소리에 대청에 앉아 그를 기다리고 있던 백발의 정정한 노인이 입을 씰룩인다.

"드디어 왔군, 고얀 놈 같으니라고! 당장 이리로 데려와라!"

"예, 장주님!"

즉시 대답하며 사라지는 사내 한 명.

제법 쌀쌀한 밤이었음에도 불구하고 그가 찾아오기를 기다렸던 녹원장의 장주 이야청은 붉어진 얼굴로 앉은 채발을 굴린다.

결코 기분이 좋아 보이질 않는 그.

"국주님을 모셔왔습니다요, 장주님."

장씨가 안으로 들어서며 말하자 그의 뒤를 조심스럽게 허문선이 어색한 웃음을 지으며 모습을 드러내었고, 그 얼굴을 확인한 순간.

"이놈의 자식이!"

파밧!

괴성과 함께 녹원장주 이야청의 몸이 허공을 갈랐다.

"하하하, 장인어른께선 여전하십니다."

"흥!"

연신 계란으로 시퍼렇게 멍이든 눈을 비비며 묻는 그에게 이야청은 콧바람으로 응수한다.

"당신 괜찮아요? 미안해요. 조금만 빨리 와서 아버지를 말려야 했었는데."

그러고 보니 연신 그의 곁에서 따뜻한 물에 수건을 적셔 건네주는 단아한 중년 미부가 있었다.

젊었을 적 미모는 분명 눈이 부실 정도였을 것이라 확신 할 수 있을 정도로 그녀의 외모는 대단했다.

도저히 허무선의 부인이라곤 믿을 수 없을 정도로 말이다.

"그 정도로 죽지 않는다!"

"아버님!"

"……."

괜히 한 마디 했다가 톡 쏘는 딸의 반응에 입을 다물어버리는 이야청.

그 모습에 그녀 이예선은 한숨을 내쉰다.

"제가 시집을 간 것이 벌써 스무 해 전입니다. 그쯤 하셨으면 이제 이이를 인정해주실 때가 되었잖아요, 아버지."

"아직도 늦지 않았다! 그 놈을 당장 차버리고 이 애비랑 재미있게 살자꾸나! 이 애비가 살아봐야 얼마나 살겠느냐?

이제 여생은 소중한 우리 딸과 함께 보냈으면 하는 구나."

"이이에게 하신 것을 보면 앞으로 오십년은 더 사실 수 있을 것 같네요."

"끄응!"

단호한 딸의 말에 그가 인상을 쓰며 고개를 돌린다.

"그리고 당신도 당신이에요. 왔으면 먼저 이곳부터 와야지 대체 이제까지 뭘 하고 있었던 거예요? 설마하니 숨겨둔 여자라도 있는 것은 아니겠죠?"

"부, 부인 아프오. 아프오!"

꾹, 꾹.

교묘하게 멍든 부분을 수건으로 누르며 묻는 그녀.

태연하게 웃으며 말하는 그녀의 얼굴을 보며 허무선은 필사적으로 변명을 내뱉어야 했다.

"응? 국주님이 안계시네?"

"뭘 찾아. 보나마나 마님 뵈러 가셨겠지. 아무래도 우리와 함께 가긴 부끄러우시지 않겠나."

"하아… 적어도 얼굴은 때리지 않으셨으면 하는데 말이야. 돌아갈 때도 물건을 맡으실 것 같던데."

아침을 먹으며 이야기를 주고받는 일꾼들.

이미 진양표국 내에게 국주인 그가 지독한 애처가이자

그녀에게 쥐어 잡혀 산다는 사실은 비밀 아닌 비밀이었다.

그것도 얻어맞는 남자로 말이다.

"그러니까 다시 표국을 시작했다구요? 어떻게요? 우릴 먼저 이곳으로 보낼 때까지만 하더라도 곧 접고 오실 것 같더니."

허무선의 이야기를 다 들은 이예선이 고개를 갸웃거리며 묻는다.

어느새 귀를 기울여 듣고 있던 이야청도 은근슬쩍 가까운 곳으로 자리를 당겨 이야기를 엿들을 준비를 하고 있었다.

아무리 사위가 밉다곤 하지만 하나 밖에 없는 딸이 시집을 간 곳이다.

그런 만큼 딸이 잘 살기를 바라는 것은 어느 부모나 같은 마음일 것이다.

"육좌 선생님의 제자분들이 때마침 오셨고 그분들의 도움으로 무사히 이곳까지 올 수 있었소. 아직 나이는 어리나 그 실력이 실로 대단하여 오는 동안 두 차례의 방해가 있었는데 어렵지 않게 처리를 했다오. 그 두 사람이 도와준다면 진양표국은 이전 성세를 금세 되찾을 수 있을 것이라 확신하오."

"두 명이라 하셨나요? 아무리 그래도… 두 사람으로 앞으로 하는 일이 많아 질 텐데 감당이 될 까요?"

그녀의 물음은 당연한 것이었다.

진양표국의 빠른 성장에는 육좌 선생의 도움이 있었던 것도 사실이지만 알게 모르게 그녀의 내조 역시 톡톡히 한몫했었다.

그것을 알기에 그는 계속해서 이야기했다.

"그렇지 않아도 나도 그것 때문에 걱정하고 있었는데, 이번에 일검이도라 불리는 두 사람을 본 표국에 끌어들일 수 있었다오. 그 모든 것이 그 두 사람의 능력 덕분이었지."

"일검이도라 하면… 분명 천라표국의 식객이었던 것으로 기억하는데요?"

일검이도는 항주에서 꽤 유명한 이들이었다.

비록 돈을 밝히는 자들이긴 하지만 그 실력은 진짜인데다, 그 손속이 잔인하기로 잘 알려져 있었다.

천라표국에서 많은 돈을 들여 식객으로 붙들어 놓은 그들을 이제 다시 시작하는 진양표국에서 데리고 있다는 것은 어불성설이었다.

쉽게 말해 그들을 붙들고 있을 돈이 없는 것이다.

식객이라고 해서 단순한 식객이 아니니까.

여차 할 때 무력을 동원할 수 있는 그야말로 표국의 또 다른 무기나 마찬가지인 것이다.

"걱정 할 것 없소이다. 적어도 지금까지는 무상으로 일을 해주고 있으니까. 물론 돌아가는 데로 적절한 급여를 지급 할 생각이지만 그 금액이 그리 크지 않을 것이라 생각한다오."

어깨를 피며 당당히 말하는 허무선.

그 모습에 그녀는 살짝 웃으며 상처를 돌본다.

절강에서도 손에 꼽히는 미녀로 불리며 수많은 사내들의 사랑을 받아온 그녀가 평범하기 그지없던 그와 결혼을 한 것은 이런 정직함과 당당함 때문이었다.

"아, 아! 아프오, 부인."

"호호, 이래야 빨리 낫는답니다."

웃으며 상처를 누르는 그녀에게 꽉 잡혀 사는 허무선이었지만 아무런 불만이 없었다.

그녀가 진심으로 자신을 위한 다는 사실을 누구보다 잘 알고 있었으니까.

다만 겉으로 보이는 것보다 장인인 이야청을 많이 닮아 성격이 불같다는 것을 제외한다면 말이다.

만약 남자로 태어났다면 분명 세상 어디에 내놔도 부족하지 않을 장군이 되었을 것이라 속으로 생각하며 그제야 떠오른 한 사람을 찾는다.

고개를 돌리며 누군가를 찾자 수건을 물에 적시며 이예선이 말했다.

"이제 겨우 하나 밖에 없는 딸을 찾아볼 생각이 들었나 보죠?"

"흠흠, 아직 안 일어 난 것이오?"

"언제는 그 아이가 이 시간에 깨어나는 것 보셨나요? 해가 중천에 떠야 일어나겠지요. 대체 뭐가 되려고 그러려는 것인지…."

자신의 딸이지만 이해하지 못하겠다는 듯 고개를 살짝 숙이며 말하는 그녀를 보며 허무선은 속에서부터 올라오는 말이 있었지만 끝내 입으로 말 할 순 없었다.

'당신을 닮았잖소! 당신을! 당신도 일이 없을 때면 해가 중천에 뜰 때까지 누가 깨워도 일어나질 않소이까, 부인!'

속에 품은 말을 했다간 자신이 어떤 꼴을 당할 것인지 상상도 할 수 없었기에 속으로 삼킨 그는 아직도 자신을 눈엣가시처럼 바라보고 있는 장인을 향해 고개를 숙였다.

"그렇게 되어서 다시 항주로 돌아가려 합니다. 이전에 살 던 곳보다 좁아졌지만 살기에는 부족함이 없고, 오래 걸리지 않아 다시 예전 집을 찾을 수 있을 것이니…."

"그건 어디까지나 네 생각이지 않느냐? 난 믿을 수 없다. 내 딸을 데리고 갈 때도 넌 손에 물 한 방울 묻히지 않겠노라 하지 않았더냐?"

단호히 대답하는 이야청에게 그는 할 말이 없었다.

모든 것이 사실이었으니까.

하지만 허무선 보다 먼저 입을 연 사람이 있었으니 바로 이예선이었다.

"오늘 짐 챙겨서 나갈게요, 아버지."

"뭐, 뭐, 뭣이라?!"

"딸은 시집가면 출가외인이라고 하잖아요. 이렇게 서방님이 찾아오셨으니 함께 떠나야죠,"

"이 애비를 버려두고 가겠다는 소리냐!"

"아버님껜 수많은 제자들이 있잖아요. 지금도 이곳에 수십의 제자 분들이 머물고 있는 것으로 알고 있답니다. 외롭진 않으실 거예요."

생글생글 웃으며 대답하는 딸에게 이야청은 입을 뻥긋거릴 뿐 말을 할 수 없었다.

이 모든 모습을 보고 있던 하인들은 고개를 절레 저었다.

적어도 이곳 녹원장에선 이 모습이 당연한 것이었다.

"당신은 날 따라와요. 지금부터 짐을 챙겨도 제법 시간이 걸릴 테니까요."

"그, 그러리다."

장인의 눈치를 보며 그녀의 뒤를 후다닥 따라가는 허무선. 멍하니 그 모습을 지켜보던 그는 두 사람이 완전히 사라지자 쓰게 웃으며 자리에서 일어섰다.

"자네는 예선이가 떠나는데 부족함이 없도록 챙기도록 하게. 표국을 다시 일으키는데 제법 돈이 들 것이니."

"준비토록 하겠습니다."

"에잉… 출가외인이라는 것이 어찌 된 것이 집에 올 때마다 기둥을 하나씩 뽑아가누?"

투덜거리며 자신의 방으로 들어가는 장주의 뒷모습을 보며 모두가 작게 미소 짓는다.

말은 저렇게 하면서 또 딸이 왔을 때를 대비하여 항시 그녀의 방을 치워두고 만약을 대비해 이런저런 준비를 해두곤 했던 것이다.

第 8 章.

NEO ORIENTAL FANTASY STORY

第 8 章.

"이거 꼴이 말이 아니로군, 그래?"

침상에 누운 적영을 보며 비웃음을 날리는 사내.

그의 등장에 적영이 두 눈을 크게 뜨며 얼굴을 찡그렸
으나 그것뿐이었다.

온 몸을 붕대로 감고 있을 정도로 크게 다친 그는 최소
일 년 이상의 요양을 필요로 하는 몸이었다.

"우리에게 최대의 적임을 알고 있으면서도 욕심을 부
린 대가이니 살아있다는 것을 다행으로 여겨야 할 거야.
백영은 물건도 없는 주제에 그나마 볼만하던 얼굴도 엉망
이 되어버렸으니까. 하긴, 너나 백영이나 데리고 있던 애

들 대부분을 잃어버렸으니 이번 일을 성공했다 하더라도
이득이 없겠지."

"으읍! 읍!"

"워워, 그렇게 흥분하지 말라고. 난 겨우 해봤자 묵살
검을 죽인 것밖에 없으니까 말이야. 아, 그러고 보니 너희
가 못 움직이니 쉬엄쉬엄 공을 쌓아도 너희보다 한참 앞
서는 것인가?"

있는 한 것 여유를 부리며 한참을 적영을 골리던 사내
가 자리에서 일어섰다.

"못 따라 잡을 것 같으면 일찍이 다른 사람에게 붙는
것이 좋을 거야. 그 정도 머리는 가지고 있다고 생각하기
에 찾아온 것이니까."

손을 흔들며 방을 빠져나가는 그.

"으으… 흐여어어엉!"

결국 얼굴의 상처를 크게 터트리며 적영의 분노 섞인
목소리가 사방에 울려 퍼진다.

"하하하하!"

그것을 들은 흑영의 웃음소리가 적영의 괴성을 뚫고
선명하게 들려온다.

적영을 한 것 놀린 흑영이 찾은 곳은 여덟 개의 의자가
놓인 원탁이었다.

각기 다른 색으로 칠해져 있는 의자들 중 검은 의자에 앉는 흑영.

잠시 후 몇몇 이들이 들어오기 시작하더니 희고 붉은 의자 두 개만을 제외하곤 모두들 자리를 채운다.

"이렇게 한 자리에 모이는 것도 참 오랜만이로군."

먼저 입을 연 것은 듬직한 덩치를 지닌 감영이었다.

묵직한 그의 목소리에 반응을 한 것은 흑영이었다.

"넌 그 덩치는 여전하군. 언젠가 꼭 한 번 찔러보고 싶다."

"기회가 된다면 허락하지."

"그리 멀지 않을 것이다."

감영을 상대로 도발을 하며 흑영이 자리에서 일어섰다. 거의 한 자리에 모이질 않는 모두를 모은 것이 바로 그였다.

"들어서 알고 있겠지만 묵살검을 처리한 것이 나다. 최고 등급의 적이었던 천기자는 백영과 적영 놈들이 해치워 버렸지만 그 꼴이 되었으니 실제로 근 시일 안에 가장 높은 공을 세운 사람은 나라는 말이지."

"그래서 하고자 하는 말이 뭔가?"

"천기자가 없다는 소리는 이제 슬슬 우리도 움직일 때가 되었다는 거지. 이대로 숨어 지내기엔 너무 심심하잖아?"

"대계(大計)는 아직도 이행 중이다."

조용히 듣고만 있던 청영(靑影)의 말에 흑영은 누가 그걸 모르냐는 듯 받아친다.

"누가 그걸 몰라? 그러니까 재미를 조금 추구해 보자는 거지."

"더 들을 가치도 없군."

먼저 자리를 뜬 것은 청영이었다.

뒤를 이어 황영(黃影), 녹영(綠影), 자영(紫影)이 나간다. 마지막으로 감영 역시 방을 빠져나가자 흑영은 입을 삐죽이며 일어섰다.

"재미없는 자식들 같으니라고. 그래, 나 혼자 재미를 찾을 거다! 제길!"

††

"우웅…."

따뜻한 햇살이 연신 얼굴을 비추자 이불 속으로 숨어버리는 소녀.

하지만 거칠게 문을 열며 들어오는 불청객 때문에 단잠을 더 자려던 소녀의 계획은 수정되어야 했다.

"유비야! 허유비! 아직까지도 자고 있으면 어쩌자는 거야!"

250

"우웅… 더 잘래."

"일어나, 이 녀석아!"

펄럭!

강제로 이불을 빼앗아 버리는 이예선.

이불이 사라지자 결국 눈을 비비며 자리에서 일어나는 소녀.

아직 다 크지 않았음에도 불구하고 뚜렷한 이목구비와 앵두 같은 입술이 유난히 눈에 띄는.

부드럽게 흘러내리는 흑발은 더욱 아름다움을 더해준다.

뿐만 아니라 나올 곳 나오고 들어갈 곳 들어간 그녀의 몸매는 향후 이 근방을 진동시킬 미녀의 탄생을 예고하고 있었다.

하긴 벌써부터 그녀를 눈에 담기 위해 움직이는 자들이 한 둘이 아니긴 했다.

"이 녀석! 아빠가 왔는데 쳐다보지도 않는구나."

웃으며 다가온 허무선의 목소리에 멍한 눈으로 그를 바라보던 허유비의 눈이 빠른 속도로 생기를 찾더니 허무선을 향해 달려들었다.

"아빠다!"

"어이쿠! 다 큰 녀석이!"

"선물! 선물!"

"…그래. 그런 아이였지."

사랑스럽게 안으려던 허무선은 선물을 외치는 딸을 보며 허망한 표정으로 창밖을 바라본다.

"이 녀석이 버릇없게!"

콩!

결국 이예선의 응징이 있고 나서야 유비는 몸을 치장하러 방을 나갔고, 그 사이 하인들과 함께 빠르게 짐을 챙기는 그녀였다.

"부인. 불편하면 이곳에 더 있다가 천천히 와도 되오. 그렇지 않아도 좁은 집으로 이사를 했으니 불편할 것인데."

"집은 아무래도 상관없어요. 당신을 혼자 두려니까 내가 도무지 불안해서 말이에요."

"허! 내가 다른 여인들에게 눈을 파는 것도 아닌데."

웃으며 말하는 그를 곁눈질로 본 이예선은 웃으며 두 손으론 연신 짐을 챙긴다.

"호호호. 호호. 호."

"…그만하시구려."

결국 두 손을 든 것은 허무선이었다.

결국 그녀의 뜻대로 단 반나절 만에 모든 짐을 챙기자

마자 장원을 빠져나온 허무선들은 곧장 일행이 머물고 있는 객잔으로 향했다.

사실 허무선 역시 부인과 딸을 함께 데리고 갈 생각이었고, 이렇게 될 것이라 예상을 했었기 때문에 없는 살림이지만 아끼지 않고 별채를 빌린 것이었다.

"앞으로 어떻게 할 생각이에요?"

"우선 그 두 사람이 도와주는 동안 최대한 빨리 세를 불려볼 생각이오. 그동안 잘못 살았던 것은 아닌 모양인지 여러 곳에서 도움을 주기로 했소. 과거 거래를 했던 곳에서도 표국의 규모가 커지면 즉시 거래를 재개하기로 했고."

"그건 다행이지만 표사는 쉽게 구할 수 있는 것이 아니잖아요? 돈도 많이 들고."

그녀의 물음은 당연한 것이었다.

표사가 되기 위해선 어느 정도 무공을 익혀야 했다.

당연한 이야기지만 산적 따위가 나오면 표물을 지키기 위해서라도 앞장서서 싸워야 하니 말이다.

지금은 규모가 크지 않기 때문에 태현들을 표사라 부르고 있었지만 실제로는 표두라 불러도 부족함이 없었다.

표사 전체를 아우르는 표두는 특히 어지간한 실력과

안목이 없으면 안 되는데, 그런 자들은 한번 몸담을 곳을 정하면 잘 움직이지 않기 때문에 사람을 구하는 것이 쉽지 않았다.

진양표국의 경우 제법 쓸 만한 표두들이 몇 있었지만 지난 사건을 겪으며 대부분 죽거나 은퇴를 했기에 다시 쓸 수도 없다.

"우선 일검이도 두 분이 일에 익숙해지면 표두로 올리고, 나머지는 시간을 들여 찾아보는 수밖에 없지 않겠소. 일단 두 분이 있는 동안 표국의 위명을 올 릴 수 있는 대규모 표행을 중심으로 움직일 생각이오."

"이번엔 밀리면 안 돼요. 이번에 밀리면 우리 사이도 끝장일 줄 알아요!"

으름장을 놓는 그녀를 보며 웃으며 품에 안는 허무선.

"걱정 마시오. 당신을 위해서라도 이번엔 절대 성공해 보일 것이니."

"그러면 됐어요."

웃으며 이야기하는 동안 마침내 객잔에 도착 할 수 있었다.

"이쪽이 내 부인이고 이쪽은 내 딸입니다."

"이예설이라 합니다. 저희 남편 분을 도와주신다 들었습니다. 감사의 인사가 늦었습니다."

"허유비라고 해요."

아직도 졸린 것인지 꾸벅꾸벅 졸면서 겨우겨우 인사를 하는 그녀.

그 모습에 이예설의 눈초리가 날카로워진다.

이 자리가 파하고 나면 크게 혼이 날 것이 분명해 보였다.

"허허, 잠이 원체 많은 아이다보니 이해를 부탁드립니다."

"괜찮습니다. 그보다 이젠 돌아가야 할 텐데 표물을 맡으실 생각이십니까?"

"일단은 그럴 생각입니다. 이미 알아둔 곳이 있으니 곧 좋은 소식을 가지고 올 것 같습니다. 계약이 잘 체결 되면 내일 점심쯤엔 출발을 할 수 있을 겁니다. 이곳에서 항주로 옮기는 물건은 그리 많질 않습니다."

그의 설명에 태현은 고개를 끄덕이며 기다리겠노라 대답했다.

표행의 끝은 다시 표국으로 돌아가는 것이다.

표사의 신분으로 따라왔으니 당연히 일행과 함께 움직이는 것이 당연했다.

그렇게 그가 자리를 비우자 태현은 다시 선휘의 수련을 도우며 일검이도가 다른 생각을 먹지 못하도록 빡세게 굴린다.

자신들이 언제까지고 이곳에 있을 수는 없는 일이기 때문에 저들을 대신 두고 갈 생각이었다. 그러기 위해선 짧은 시간 안에 실력을 키워야 했기 때문에 더욱 몰아붙였다.

일주 뒤 무사히 표국으로 돌아오는 것으로 진양표국의 부활을 작게나마 알릴 수 있었다.

†

항주에서 북쪽으로 올라가면 막간산(莫干山)이라 불리는 산이 나온다.

중원의 수많은 산들 중 하나로 그리 특별할 것도 없는 산이지만 이 산이 정작 유명해진 것은 이곳에서 만들어진 두 자루의 검 때문이었다.

천하에 존재하는 수많은 병기들 중에서도 열손가락 안에 꼽힌다는 절세의 보검.

간장(干將)과 막사(莫邪).

256

그 모습을 보이지 않은 지 꽤 오래되었음에도 불구하고 사람들의 입에서 입으로 전해지는 보검 중의 보검.

그 간장과 막사가 탄생한 곳이 바로 막간산이었다.

막간산엔 아주 유명한 문파 하나가 자리를 잡고 있음이니 바로 구양문(九陽門)이었다.

이 백년 전 강력한 무공으로 천하십대고수의 자리에 들었던 구양검선(九陽劍仙)이 세운 문파로 대대로 구양 성씨를 가진 이들이 이끌었기에 다르게 구양세가라 부르기도 한다.

지금 현재도 구양문은 강력한 고수를 배출하는 곳으로 문파의 이름처럼 극강의 양기를 다루는 문파로 정평이 나 있었다.

현재 구양문 최고의 고수는 전대 가주인 구룡화검(九龍火劍)이라 불리는 구양승이었다.

그런 구양승이 금분세수를 하고 평범한 이로 돌아가고자 한다며 무림에 배첩을 돌렸다.

금분세수란 지난날의 모든 원한들을 씻어내고 더 이상 무림의 은원과 관련이 없이 평범하게 살겠노라고 무림에 고하는 일종의 의식이었다.

과거 금분세수를 선언한 이들이 없었던 것은 아니지만 은원의 굴레가 쉬지 않고 돌아가는 무림의 특성상.

제대로 된 금분세수를 한 인물은 거의 없었다.

그러다보니 금분세수라는 말 자체가 거의 잊혀져가고 있던 찰나 그가 금분세수를 하겠다며 선언하고 나선 것이다.

"금분세수라… 머리를 잘 썼군요."

"후후, 그렇겠지. 현재 구양문의 가장 큰 문제는 그의 뒤를 이을 확실한 후계가 없다는 것이지. 자식들은 많지만 특출 난 실력을 지닌 자가 없지. 그런 상황에서 금분세수를 하겠다는 뜻은 문파의 힘을 외부에 자랑함으로서 구양문에 힘을 보태고 있는 자들이 흔들리지 않게끔 하는 것과 동시 문파의 안전을 도모 할 수 있게 되는 것이지."

"하지만 명성을 날린만큼 쌓은 은원이 보통이 아니지 않겠습니까?"

태현의 물음에 황금충은 빙긋 웃었다.

비록 보이진 않지만 태현이 어떤 얼굴로 자신에게 묻는 것인지 짐작이 간다는 듯 장난기 섞인 목소리로 답했다.

"똥개도 자기 집 앞에선 반절은 먹고 들어간다 하지 않았느냐. 금분세수를 할 것이라면 당당히 외부에서 할 것이지 왜 문파 내부에서 벌이겠느냐. 그 말은 곧 구양문의 힘을 과시하며 은원이 있다 하더라도 쉽사리 덤비지 못하도록 만드는 것이지."

"역시 잘 짜인 각본이로군요."

"그렇지. 위험할 것이라 판단되는 문파와의 은원은 어떻게 해서든 잘 마무리 했을 것이다. 그런 것도 없이 금분세수를 이렇게 성대하게 이야기 할 수 없었겠지."

"그럼 혹시나 모를 상황에 또 대비를 했겠군요?"

"그렇지. 아마… 구파일방이나 큰 문파의 축하사절단을 가장한 호위대가 준비되어 있겠지."

사부의 이야기에 태현은 이번에 구양문에서 뿌린 배첩에 대해 다시 고민했다.

태현이 이렇게 조금도 관련이 없는 구양문에 대해 사부와 이야기를 나누고 고민하고 있는 이유는 단 하나.

표국의 일 때문이었다.

항주로 돌아온 이후 진양표국은 빠른 속도로 성장을 거듭하고 있었다.

의리 있던 일꾼들과 표사들이 다시 돌아왔고, 새로운 표사들도 공을 들여 뽑았다.

여기에 일검이도의 두 사람이 정식으로 표두가 되어 모두를 이끄니 큰 어려움 없이 성장하는 중이었다.

물론 그 두 사람이 몸을 담았던 천라표국에서 좋지 않은 눈길로 보고 있는 것 같긴 했지만 직접적인 충돌은 일어나질 않고 있었기에 태현 역시 크게 개의치 않았다.

물론 일단 부딪친다면 최대한 빠르게, 그리고 강렬하게 해치울 생각이긴 했다.

"누구든 날 건드리면 편하게 발 뻗고 잘 수 없다는 사실을 확실하게 인식시켜야해. 그래야 귀찮게 두 번 손을 쓰지 않아도 되고, 부가적으로 고만고만한 놈들은 움직이지 못하게 되거든. 할 땐 확실하게. 알겠지?"

거력신마의 가르침이었다.

'할 땐 확실히.'

이번 의뢰는 표국 전체 인원이 나서서 움직여야 할 정도로 대규모의 수송이었다.

그렇기에 국주인 허무선은 육좌 선생으로 불리는 황금충에게 도움을 요청했고, 그는 태현에게 모든 것을 맡긴 것이다.

"기왕이면 하는 것이 좋을 듯합니다. 물건이 많아서 위험 부담이 있다고는 하지만 성공 한다면 표국의 이름을 높일 수 있을 뿐만 아니라 금분세수를 하는 모습을 볼 수 있을 지도 모르니까요."

"좋은 경험이 될 것이다."

태현의 결정에 황금충은 웃으며 지지해 주었다.

일단 결정이 떨어지자 진양표국은 빠르게 준비를 갖추기 시작했다.

비슷한 시기에 결정되었던 표행들에 대해 물건을 맡긴 상인들에게 일일이 사과를 구하고 대신 할 수 있는 믿을 수 있는 표국을 연결시켜 주었다.

보통은 위약금을 물고 끝낼 일이지만 허무선은 힘들더라도 그것이 자신이 해야 할 일이라며 잠도 줄여가며 일했다.

그렇게 며칠 지나지 않아 진양표국은 모든 역량을 구양문으로 향하는 표행에 집중시킬 수 있었다.

이번 일은 허무선의 인맥이 총동원된 결과라 할 수 있었다.

금분세수 행사를 진행하며 찾아오는 수많은 손님들을 먹일 각종 음식과 물품들이 필요 하는데 절강에서 이런 대규모 물건을 단숨에 구입 할 수 있는 곳은 항주가 유일했다.

그러가 보니 항주의 상단들을 통해 물건을 구입하는 경우가 적지 않았고, 그런 물건들 중 몇을 그가 맡은 것이다.

"수레가 스물에 동원되는 인원만 백 명이라. 이거 너무 많은가?"

출발하기 전날 자신의 방에서 잠도 자지 못하고 고민에 고민을 거듭하고 있는 허무선.

이제와 취소 할 수도 없는 일이건만 정작 눈앞에 닥치자 국주로서 이런저런 고민들이 가득 일어나기 시작한 것이다.

바로 곁에서 그 모습을 보고 있던 이예선이 그를 품에 안으며 말했다.

"이제와 고민해도 어쩔 수 없는 일이잖아요. 지금은 성공만을 생각해요. 이번 일을 성공할 수 있다면 예전 만큼 되지 않겠지만 확실히 자리를 잡을 수 있을 테니, 나쁜 일은 아니잖아요."

"음… 그렇겠지. 알겠소."

그제야 그는 자리에서 일어날 수 있었다.

"욕심이 없는 것은 아닌지 잘도 받아먹는군."

황태경이 지금쯤 단잠에 빠져 있는 허무선을 비웃으며 단숨에 술을 들이키자, 맞은편에 앉아 있던 강양석이 빈잔에 술을 따른다.

"지금까지 지켜본 바로는 놈들이 어떻게 일검이도를

262

회유하고 괴공삼제를 죽인 것인지 알 수 없었지만, 일검이도의 경우 우리가 주던 용돈 보다 못한 수준의 돈을 받는 것으로 파악되었네."

"멍청한 놈들 같으니라고!"

"알 수가 없단 말이지. 돈을 그렇게 밝히던 놈들이 말이야."

주욱!

단 숨에 술을 비우는 강양석의 빈 잔을 이번엔 황태경이 채운다.

두 사람이 마시는 간단한 술자리임에도 불구하고 그들의 부를 나타내는 것인지 상다리가 부러질 정도로 호화로운 음식들이 자리를 차지하고 있었고, 그들이 마시고 있는 술 역시 일반인들은 한 달을 열심히 일해도 사지 못하는 최고급의 술이었다.

"이번 표행은 꽤 욕심이 나는 일이었을 거다. 성공 한다면 제법 큰 명성을 얻을 수 있을 뿐만 아니라, 새로운 상인들과의 거래도 틀 수 있을 것이니."

"그러니 자네와 내가 미끼를 던진 것이 아닌가."

"후후, 그렇긴 하지. 그보다 누굴 보낼 생각인가? 일검이도야 그렇다 치더라도 진양표국을 진짜 보호하고 있는 자들의 실력이 얼마나 되는 것인지, 그 수가 몇인지 알 수 없지 않나?"

"그게 문제지. 놈들이 말하는 그 육좌 선생의 제자들 두 놈이 그런 실력을 지니고 있을 것이라 생각되진 않으니."

황태경의 말에 잠시 침묵을 지키던 강양석이 조심스런 목소리로 물었다.

"사실 오늘 이렇게 찾아온 것은 자네에게 협조를 구하기 위해서네."

"협조? 무슨 일인가?"

"이번 일을 처리하는데 가장 합당한 사람을 찾았네. 그런데 아무래도 이게 많이 들 것 같아서 말이야."

돈 모양을 그리는 그의 손을 보며 황태경은 고개를 갸웃거린다.

마음에 들진 않지만 강양석은 자신과 비교되는 부자다.

그런 그가 돈이 많이 든다고 한다면 정말 어마어마하게 들어가는 것이다.

"대체 누구기에 그러는 것인가?"

"실력은 확실한데, 돈을 너무 많이 바라고 있어서 말이야. 무려 십만 냥이나 원하더군."

"십만? 십만이라고 그랬나?"

264

깜짝 놀라는 황태경에게 강양석은 고개를 끄덕였다.

"맞네. 하지만 방금도 말했지만 그 실력은 확실하니 어떤 경우에도 놈들을 박살낼 수 있을 것이라 장담하네."

"흠… 서로 나누면 오만씩인가?"

"어떤가?"

잠시 머리를 굴리던 황태경은 결국 고개를 끄덕이며 수락했다.

큰돈이긴 했지만 확실하게 놈들을 처리 할 수 있다면 상관없었다. 어차피 객실에 머물고 있는 자들을 부리기 위해선 돈이 들어가야 하는데, 그걸 아낀다 생각하면 되는 것이다.

"그런데 대체 누군가?"

그 물음에 강양석은 조심스레 답했다.

"마룡도제(魔龍刀帝). 바로 그네."

第 9 章.

亂劍武姐
난검무림

第 9 章.

　무림에 수많은 강자들 중에서 특별한 호칭으로 불리는
자들이 있다.

　이신(二神) 오제(五帝) 칠왕(七王).

　특히 무림 최강으로 분류는 이신과 그에 못지않은 능
력을 발휘한다고 알려진 오제는 이미 인간의 영역을 벗어
난 자들이었다.

　이신은 예외로 두더라도 오제의 경우 문파에 소속되어
해당 문파에서 거의 밖으로 나오질 않았다.

　그런 가운데 유일하게 소속된 문파 없이 생활하는 자
가 있었으니 그가 바로 마룡도제(魔龍刀帝)였다.

본래 마도의 인물인 그이기에 마룡이란 별호가 붙었지만 그가 하는 일 중 정당하지 않은 것이 없고, 하는 행동 또한 정파인들 보다 더 정파인 같아 상당히 존경 받고 있는 자였다.

그렇기에 수많은 문파에서 그를 끌어들이려 했었다.

당연한 이야기다.

오제의 일인을 끌어 들일 수만 있다면 단숨에 무림 최고 반열의 문파로 수준을 끌어 올릴 수 있는 것이다.

하지만 끝내 마룡도제는 홀로 남았다.

어디에도 속하지 않았던 그가 모습을 감춘 것이 몇 년 전의 일이었다.

"후… 춥진 않느냐."

"응."

중년 사내의 품에 안긴 아이의 옷깃을 단단히 여며주며 품에 안는 사내.

아무렇게나 자란 머리를 목 뒤에서 한번 질끈 묶은 것이 전부이고, 옷차림 역시 그리 좋지 않았으나 그의 곁에 당당히 땅에 꼽혀 있는 거대한 도를 보면 결코 그가 보통 사람이 아님을 알 수 있었다.

강인한 인상과 당장이라도 잡아먹을 것 같은 날카로운 눈매.

모습을 감추었다던 마룡도제.

바로 그이다.

"곧 네 병을 치료해주마. 이 애비만 믿어라."

"응."

자신의 품에서 눈을 감고 잠에 빠져드는 선호를 보며 마룡도제는 한 숨을 내쉰다.

어렵게 얻은 자식이다.

그런 자식이 아픈데도 불구하고 제대로 치료조차 하지 못하고 있다는 것은 부모로서 큰 상처였다.

그렇기에 자신이 오랜 시간 지켜왔던 철칙까지 깨트리며 비겁한 의뢰를 받아들인 것이다.

선호를 치료하기 위해선 막대한 돈을 필요로 한다.

이번 일로 인해 놈들에게 발목을 잡힐 수도 있는 일이지만, 지금의 그에겐 중요한 것이 아니었다.

당장은 선호를 살리는 것이 먼저이니까.

그렇게 마음의 다짐을 하는 사이 저 멀리서 일단의 무리가 모습을 드러낸다.

"오는가…."

쓴 얼굴로 그들을 맞이한다.

짐이 가득 실린 수레가 무려 스물이다.

그러다 보니 아무리 재촉을 해도 일행의 움직임은 그리 빨라 질 수가 없었다.

여기에 함께하는 인원이 백 명.

그 대부분이 일꾼이라는 것을 생각한다면 아무리 막간산이 항주에서 멀지 않은 곳이라 하더라도 쉬지 않고 꾸준히 움직여야 정해진 날에 도착 할 수 있을 것이었다.

힘든 일정이지만 누구하나 내색하지 않는다.

이번 표행을 성공시킨다면 진양표국이 더 빠르게 성장할 것이란 사실을 잘 알기 때문이다.

표국이 성장하면 자신들이 받는 삯이 많아지는 것은 당연한 일이기에 조금 힘들더라도 군소리 없이 따라간다.

태현과 선휘가 첫 표행이었던 그때와 달라진 것이 있다면 상징적으로나마 표두의 직위를 얻었다는 것이다.

표두는 표사들을 이끌며 표행을 책임지는 자리다.

그렇기에 아직 경험이 일천한 두 사람이 표두가 되는 것은 어려운 일이었지만 그런 실력을 지닌 두 사람을 표사로 둔다는 것도 우스운 일이었다.

두 사람 뿐만 아니라 일검이도 역시 표두라는 감투를 썼다.

그들은 의외로 적성에 맞는 것인지 표두의 자리에서 일행을 잘 이끌고 있었다.

달그락, 달각.

요란한 소리를 내는 마차들.

선두에 서서 말을 타고 이동을 하던 태현이 일행을 멈추게 한 것은 덕청(德淸)을 하루 앞둔 거리에서였다.

"무슨 일입니까?"

국주가 달려와 물었지만 태현은 대답 없이 저 먼 곳을 바라본다. 그러길 잠시.

"일검이도."

"예!"

태현의 부름에 재빨리 달려와 대답하는 두 사람.

마치 부하라도 되는 냥 움직이는 두 사람이지만 그 얼굴에 불만은 없어 보인다.

그들도 무인이고 더 높은 경지를 추구하는 자들이다.

처음엔 태현이 빡세게 굴리는 것을 단순히 자신들을 괴롭히기 위함이라 생각했는데, 시간이 흐르면서 그런 것이 아니란 것을 알게 되었다.

실력이 부쩍 늘어난 것이다.

그 뒤로 일검이도는 태현이 하는 말이라면 무엇이든 듣고 있었다.

"표행을 이끌어라. 관도를 우회해 움직인다."

"알겠습니다."

"국주님. 아무래도 이번엔 좋지 않은 상대와 엮이는 것 같습니다. 될 수 있으면 제 선에서 처리하겠으나 만약이란 것이 있으니 길을 우회한 뒤 쉬지 않고 덕청으로 향하십시오."

쉼 없이 쏟아내는 태현의 말에 굳은 얼굴로 고개를 끄덕인 허무선은 재빨리 일행을 이끌고 관도를 벗어나기 시작했고, 그것을 확인한 태현이 말을 버리고 앞으로 달려나간다.

휙!

빠르게 달려 나가는 태현의 뒤를 어느새 따르고 있는 선휘.

그녀의 모습에 무어라 이야기 하려던 태현은 입을 다물고 달려나간다.

"음…."

인상을 찌푸리는 마룡도제.

딱히 기운을 숨기진 않았지만 자신을 알아볼 사람이 없을 것이라 생각했었다.

헌데, 갑작스레 관도를 벗어나 목표가 움직이는 것이

아닌가.

계약대로라면 쫓아가 저들의 표행을 방해해야 했다.

그 과정에서 진양표국주가 죽임을 당해야 했고.

슥.

오른팔로 자신의 애도를 잡아가던 그의 눈에 이채가
돈다.

휘휙!

가벼운 몸놀림으로 자신과 십여 장의 거리를 두고 내
려서는 두 사람을 본 것이다.

"저들을 관도에서 우회하게 만든 것은 너이더냐? 제법
이로구나."

"…당신은 누구지?"

"후후후."

태현의 물음에 웃기만 하는 마룡도제.

그 웃음소리에도 태현은 크게 긴장했다.

점차 그의 몸에서 흐르는 기운이 예사롭지 않았던 것
이다.

점잖은 듯, 하지만 그 속엔 폭발적인 기세가 담겨있는
기운이 연신 마룡도제의 몸에서 흘러나오고 있었다.

"난 마룡도제라 불리는 사람일세. 원한은 없으나… 이
번 표행은 그만둬 주어야 하겠네."

쿠오오!

순간 뿜어져 나오는 강대한 기운!

거친 기운이 사방을 점유하며 태현과 선휘를 강하게 압박한다.

그에 두 사람은 기운을 풀어내 대응을 한다.

"음?"

제법 힘을 쏟았음에도 불구하고 멀쩡하게 대응하는 두 사람을 보며 마룡도제는 솔직하게 놀랐다.

자신의 기운을 받아내기 위해선 어지간한 실력으론 안 된다는 것을 잘 알기 때문이다.

괜히 그가 오제의 일인인 것이 아니다.

한편 태현 역시 이제까지 만나온 누구보다 강한 상대라는 것을 방금 한 수로 깨달을 수 있었다.

심지어 자신이 만났던 자들 중 최고는 감영이었으나 그와 비교도 되지 않을 정도였다.

"물러서."

"…괜찮겠어요, 사형?"

그녀의 물음에 태현은 고개를 끄덕이며 그녀를 뒤로 물렸고, 선휘는 어쩔 수 없다는 듯 뒤로 몸을 피하려고 했다.

"잠깐. 이 아이를 부탁해도 될까? 아무래도 아이를 안

276

고선 상대하기 어려울 것 같군."

그제야 마룡도제의 품에 작은 아이가 안겨 있음을 깨달은 두 사람은 서로의 얼굴을 바라보다 곧 고개를 끄덕였다.

대체 자신들의 무엇을 믿고 저러는 것인지 알 수 없지만 저런 아이를 인질로 삼고 싶은 마음은 애초부터 없었다.

"후후, 자네들이라면 믿고 맡겨도 되겠지."

선휘가 조심스레 다가서서 아이를 받아 든 뒤 거리를 벌린다.

선호가 안전한 거리로 멀어지자 마룡도제는 천천히 자신의 애도 마룡도(魔龍刀)를 집어 들었다.

그와 함께.

쿠아아!

이제까지와 비교 할 수 없는 강렬한 기운이 사방을 휘젓는다!

"아까도 말했지만 자네들에게 원한은 없네. 하지만…내게도 목적이 있는 만큼 그냥 보내 줄 순 없다네."

"죄송하지만 저 역시 쉽게 물러설 순 없습니다."

스릉–.

기세를 끌어올리며 검을 뽑아드는 태현.

구구구.

땅이 흔들릴 정도로 두 사람의 기운이 사방에서 격돌한다.

무림에 나온 이후 처음으로 태현은 전력을 개방하고 있었다. 몸 안에 잠들어 있던 내공을 십분 발휘한다.

사지백해에서 힘이 넘쳐흐르고 끊임없이 솟아오르는 힘!

자신에 대항하는 태현을 보며 마룡도제는 눈을 빛내지만 이내 이를 악물었다.

선호의 치료를 위해서라도… 반드시 이번 일은 성공해야 했다.

그렇게 두 사람의 싸움이 시작되었다.

✝

거칠게 날아드는 마룡도제의 마룡도.

딱히 정해진 길도 없는 듯 아무렇게나 날아드는 직선적인 공격이었음에도 불구하고 태현은 쉽게 대응하지 못했다.

피했다 생각하면 어느새 다시 따라 붙고, 막았다 싶으면 그 압도적인 힘에 밀려난다.

쩌엉!

귀를 찌르는 굉음과 온 몸에 미치는 큰 충격을 재빨리 흩어낸다.

손아귀가 아플 정도로 검을 세게 쥔다.

마룡도제에겐 자신의 힘을 원 없이 불어 넣을 수 있는 마룡도란 애도가 있지만 태현에겐 아직 자신에게 맞는 무기가 없었다.

진정한 고수는 무기를 가리지 않는 법이라지만 자신의 수족과도 같은 무기가 있고 없고의 차이는 하늘과 땅 차이다.

막대한 내공을 가지고서도 그것을 무기가 버티지 못하면 없는 것보다 못한 결과를 가져오는 것이다.

지금의 태현이 그러했다.

단전에서 끊임없이 내공이 솟아오르며 충분한 힘을 공급해주지만 그의 손에 들린 장검은 어느 마을에서나 쉽게 구 할 수 있는 싸구려 장검.

내공으로 검을 보호하고 있다곤 하지만 그 한계가 조금씩 보이고 있었다.

쩌적, 쩍.

선명하게 들리는 소리.

태현이 든 장검이 비명을 지르며 조금씩, 조금씩 균열

이 가고 있었다.

겉으로 티는 나지 않지만 그 내부는 이미 엉망이다.

"흡!"

떠더덩! 떵!

짧은 기합과 함께 빠르게 도를 휘둘러오는 마롱도제.

그 역시 태현의 문제점을 눈치 챘기에 빠르게 승부를 보기 위해 검을 집중적으로 공격하고 있었다.

그극!

한 번 접촉을 허용할 때마다 태현의 두 발이 속절없이 밀려난다.

땅에 굳건히 붙어 있음에도 불구하고 말이다.

힘에 있어선 그야말로 압도적인 차이가 아닐 수 없었다.

하지만 이는 검(劍)과 도(刀)를 운용하는 법에서 생기는 차이가 있기 때문이었다.

찌르기와 베기가 동시에 가능하지만 검의 가장 큰 역할은 역시 찌르기다. 날카로운 찌르기는 검이 가질 수 있는 가장 큰 공격이다.

그에 반해 도는 오직 베기 위해 만들어진 무기다.

검이 자유롭게 움직일 수 있는데 반해 도는 한정된 사용 방식 때문에 초식이 단조로워지는데 대신 그만큼 강한 힘을 실을 수 있었다.

그렇기에 검과 도는 비슷하게 생겼음에도 불구하고 운용하는 방식에 따라 그 파괴력이 다르게 나타난다.

지금처럼.

쾅—!

쩌정!

굉음과 함께 태현이 쥐고 있던 장검이 결국 부서진다.

재빨리 부러진 검을 손에서 놓은 태현이 뒤로 물러선다.

따라 붙을 수 있음에도 마룡도제는 자리에서 움직이지 않고 마룡도를 자신의 어깨에 올리며 물었다.

"이제 그만하는 것이 어떤가? 나이에 반해 뛰어난 실력을 지닌 것은 사실이지만 그것뿐이네. 자네와 나의 실력 차이를 이제 알았을 텐데?"

"후우, 후."

그의 물음에도 태현은 조용히 호흡을 가다듬었다.

태현의 얼굴은 크게 상기되어 있었는데, 무림에 나온 이후 자신의 전력을 쏟아도 될 상대를 처음 만났기 때문이었다.

감영과의 싸움은 제대로 힘을 써보기도 전에 끝나버렸 었지만 이번엔 달랐다.

모든 힘을 쏟아 부을 수 있는 상대인 것이다.

강한 희열이 느껴진다.

'좀더, 좀 더 할 수 있을 것 같다.'

"사형!"

휘리릭!

멀리서 지켜보고만 있던 선휘가 태현을 부른다.

고개를 돌리자 자신을 향해 날아들고 있는 하얀 뭉치.

턱!

펄럭.

천을 벗기자 서서히 모습이 드러나는 백룡검.

백룡검이 모습을 드러내자 마룡도제의 눈이 순간 흔들린다.

'어디서 본 것 같은데… 어디서 봤지?'

기억에 있는 검이었다.

하지만 곧 머리를 흔들며 생각을 털어낸다.

'지금은 선호만 생각한다.'

"계속하겠다면… 더 이상은 봐주지 않겠네."

"저도 전력을 다하겠습니다."

차분히 대답하는 태현.

자신의 모든 것을 쏟아 부어도 이길 수 있다고 장담 할 수 없는 자다.

282

백룡검이라면 자신의 내공을 충분히 받아내고도 남음이니 자신의 모든 것을 쏟아 부을 수 있었다.

실력을 숨기고 할 것도 없었다.

전력을 다하지 않으면 죽는 것은 자신이 될 터였다.

그것을 증명이라도 하듯 이제까지 살기를 일으키지 않던 마룡도제의 몸에서 은은한 살기가 흐르기 시작했다.

우웅!

백룡검이 가볍게 떨며 태현의 내공을 거침없이 받아들이기 시작한다.

꾸욱.

발 끝에 강하게 힘을 준 태현의 몸이 일순 사라진다.

슈확!

눈 깜짝할 사이 마룡도제의 정면에 나타난 태현의 검이 날카롭게 찔러 들어오고, 그 빠름에 놀라면서도 마룡도제는 재빨리 자신의 도를 들어 공격을 차단한다.

"핫!"

둘의 무기가 부딪치려는 근 순간 태현의 기합과 함께 일순 검이 하나 둘 늘어나기 시작하더니, 금세 마룡도제의 전면을 가득 채운다.

"헛!"

갑작스런 상황에 놀란 마룡도제가 뒤로 물러서며 마룡
도에 있는 힘 것 내공을 주입해 휘두른다.

쿠아앙!

굉음과 함께 손목이 저릴 정도의 충격에 마룡도제가
놀랄 때 어느새 그의 좌측에 모습을 드러내며 다시 한 번
검을 휘두르는 태현.

빛과 함께 시작된 그의 검은 순식간에 마룡도제의 심
장을 향해 파고든다.

"쯧."

짧게 혀를 차는 마룡도제.

그 순간.

펑-!

"컥!"

비명과 함께 날아가는 태현.

갑작스레 벌어진 상황에 싸움을 지켜보던 선휘도 놀라
고 자신이 당하고서도 이유를 모르는 태현도 놀랐다.

"설마하니 여기까지 해줄 것이라곤 생각지 못했네."

저벅, 저벅.

우웅!

먼지를 뚫고 걸어 나오는 마룡도제의 머리카락이 어지
럽게 날린다.

머리카락을 묶고 있던 천이 풀어지며 그의 기운에 따라 사방으로 흩날리는 것이다.

어둡고 파괴적인 기세가 사방을 장악해나간다.

이제까지와는 비교 할 수 없을 정도의 기세에 태현은 재빨리 일어서서 대항해 보지만 괜히 그가 오제의 일인이겠는가.

극렬히 저항해도 몸을 죄여온다.

흔히 고수들끼리의 싸움에서 제공권(制空權)이 중요하다한다.

제공권이란 무엇인가?

바로 자신의 공격이 닿을 수 있는 최대 거리를 이야기한다.

이 제공권이 서로 겹치는 순간 싸움이 벌어지게 되는 것이다.

하지만 제공권의 크기가 남다르다면?

상대에 따라 다르겠지만 싸움 자체가 성립되지 않을 수도 있었다.

지금처럼.

덜덜덜-.

자신의 의지와 상관없이 떨려오는 몸.

으득!

입술을 깨물어 떨리는 몸을 제어한다.

비릿한 혈향과 함께 피가 목으로 넘어간다.

'아직… 난 내 모든 것을 보이지 않았다!'

우우웅!

태현의 의지를 따르려는 듯 백룡검이 용음을 토해낸다! 그와 함께 태현이 다시 마룡도제를 향해 달려든다.

"어리석은."

우웅.

한숨을 토하는 그의 마룡도에 선명하게 피어오르는 검붉은 도강(刀罡)!

같은 강기가 아니라면 결코 대적 할 수 없다는 도강이 피어오른 마룡도가 달려드는 태현을 향해 무심히 휘둘러진다.

당장이라도 몸이 반쪽이 날 것 같은 그 순간.

태현의 신형이 사라진다.

스팟!

이전과 전혀 다른 움직임!

무영풍의 천리무영공이었다!

천하제일의 경공인 천리무영공의 빠르기는 마룡도제마저도 그 움직임을 놓치게 만든다.

"크아앗!"

우측에서 들려오는 기합소리에 깜짝 놀라며 재빨리 마룡도를 휘두르는 그!

순간.

쩌어엉!

둔탁한 굉음과 함께 온 몸이 순간 가라앉을 정도의 충격이 몸에 전해진다.

거력신마의 천력신공이었다.

일순 어마어마한 괴력을 발휘하게 해주는 천력신공의 발휘에 마룡도제도 버티지 못하고 뒤로 물러서야 했다.

태현의 갑작스런 움직임에 놀라며 도강이 사라져 버린 마룡도.

태현의 공격은 아직 끝난 것이 아니었다.

천력신공의 묵직함으로 검을 휘두르던 그가 일순 광휘검공으로 전환하다.

"헛!"

그 변화무쌍함에 마룡도제가 놀라며 뒤로 물러선다.

연신 물러서는 마룡도제의 두 눈엔 믿을 수 없다는 표정이 가득했다.

방금 전까지만 해도 힘을 제법 쓰긴 해야 하겠지만 제압하는 것이 어렵지 않은 상대였다.

그런데 지금은 되려 자신을 몰아붙이고 있지 않은가?

제(帝)의 칭호를 받은 이후 자신이 이렇게 물러선 것은 처음 있는 일이었다.

그것이 무인으로서의 호승심에 불을 지폈다.

"하앗!"

기합과 함께 외부로 발출되던 기운이 일순 마룡도에 집약되더니 태현의 백룡검에 부딪쳐 간다!

쩌정! 쩌엉!

검과 도가 얽혀 들어간다.

멀리서 싸움을 지켜보던 선휘가 더욱 거리를 벌린 것은 바로 그때였다.

그녀의 실력으로 가까운 곳에서 싸움을 지켜 볼 수 없었던 것이다. 게다가 품에 안고 있는 아이를 날아드는 기운으로부터 보호하고 있는 중이라 더욱 그러했다.

품에 안긴 아이는 마룡도제의 약점이 분명했지만 선휘는 아이를 인질로 잡을 생각은 없었다.

사형인 태현이 위험에 처한다면 아이를 한쪽에 두고 달려들긴 하겠지만 말이다.

그때였다.

"으응…"

1

잠들었던 아이가 뒤척인다.

이제 겨우 세, 네 살이나 되었을까?

'그러고 보니 왜 이렇게 가볍지?'

이제야 아이의 몸이 너무나 가볍다는 사실을 떠올린
선휘가 조심스레 아이를 살핀다.

하지만 창백하게 질린 아이의 얼굴을 보며 다시 품에
안곤 조심스레 내공을 주입했다.

겨울이 아님에도 추위를 심하게 타는 것 같아 이상하
긴 하지만 일단 내공으로 몸을 데워주려는 것이다.

"어?"

내공을 주입하던 선휘가 깜짝 놀라며 손을 뗀다.

놀랍게도 아이는 자신의 내공을 받아들이지 못하고 있
었다.

아니, 어느 순간 탁 막혀 더 이상의 진입을 허락하지
않는다.

"설마…!"

창백한 얼굴과 차가운 몸.

내공을 받아들이지 못하는 육체.

많은 지식을 가지고 있는 것은 아니지만 적어도 그녀
가 알기로 이런 증상을 보이는 병은 하나 밖에 없었다.

"맙소사!"

그녀의 시선이 마룡도제를 향한다.

콰앙–!

"컥!"

굉음과 함께 뒤로 튕겨나며 입으로 피를 뿌리는 태현.

재빨리 손으로 입을 닦는다.

방금의 충격으로 내부가 진탕되며 약간의 내상을 입었지만 아직 움직일 수 있었다.

어느새 옷은 엉망이 된 지 오래고, 몸 전신에 크고 작은 상처가 가득했다.

"이런 기분은 오랜만이로군."

조용히 말하는 마룡도제.

그 역시 결코 좋은 모습은 아니었다.

큰 상처는 없지만 옷이 누더기처럼 변해버렸고, 자잘한 상처들이 상체에 가득했다.

시간만 더 있다면 좀 더 싸워보고 싶은 상대이지만 이젠 더 이상 지체 할 시간이 없었다.

의뢰인들이 바라는 것은 진양표국의 사람들이 덕청에 들어서기 전에 해결을 보는 것이었다.

그러기 위해선 이제 그들을 따라잡기 위해 움직여야 했다.

"일격으로 끝내지."

"후… 저 역시."

더 이상 검을 들 힘이 없었다.

결국 이번이 자신이 할 수 있는 마지막이란 사실에 태현은 조용히 백룡검을 강하게 쥐며 마지막 공격을 준비했다.

자신이 펼칠 수 있는 최강의 검.

'천검(天劍) 삼식 극검(極劍).'

아직 미완성의 초식이지만 자신이 펼칠 수 있는 최고의 초식임은 분명하기에 태현은 극검을 준비했다.

천검을 이루는 과정에서 얻은 세 가지 초식.

각기 특색이 다른 세 초식 중 가장 공격성을 띄는 극검을 준비한 것은 어쩌면 이것이 마지막이 될 수도 있기 때문이었다.

우우우…!

낮게 떨리는 백룡검.

마룡도제 역시 그의 마룡도에 선명한 도강을 보이며 높이 치켜든다.

일촉즉발의 그 상황에.

다급한 선휘의 목소리가 두 사람 사이에 끼어든다.

"자, 잠시만요! 아, 아이가 숨을 안 쉬어요!"

"선호야!"

그녀의 말이 끝나기 무섭게 선휘를 향해 몸을 날리는 그!

승부 따윈 상관없다는 듯 아이를 향해 달려가는 그를 보며 태현은 천천히 기운을 회수하며 역시 선휘에게 달려갔다.

창백하게 질린 얼굴의 아이는 숨을 쉬지 못하고 있었는데, 재빨리 아이를 받아든 그는 익숙한 듯 손가락에 기운을 실어 아이의 몸 이곳저곳을 두드리고 매만진다.

"컥!"

기침과 함께 다시 숨을 쉬기 시작하는 아이.

"후우…."

그제야 마룡도제가 안도의 한숨을 내쉬며 자리에 주저앉는다.

"아무래도 이 싸움은 더 할 수 없을 것 같군."

어느새 곁에 온 태현을 보며 쓰게 웃는 그.

더 이상 싸우지 않겠다는 그의 선언에 태현은 안도하며 백룡검을 선휘에게 건넨다.

싸우는 와중 백룡검을 감싸고 있던 천이 날아가 버렸기에 선휘는 어쩔 수 없는 듯 검을 허리춤에 매단다.

"음…."

그 모습을 지켜보고 있던 마룡도제의 눈이 백룡검에서 떨어지지 않았고, 백룡검이 그녀의 허리춤에 걸리는 순간 무엇이 떠올랐는지 자리에서 벌떡 일어선다.

"헛! 백룡검이로구나!"

第 10 章.

N E O   O R I E N T A L   F A N T A S Y   S T O R Y

亂劍武姈

난검무림

第 10 章.

"백검 그분과의 관계가 대체 어떻게 되는가?!"

백룡검을 알아보는 그 순간 다급히 묻는 그를 보며 선휘는 당황하면서도 차분히 대답했다.

"부족하지만 사부님의 검을 잇고 있습니다."

"오오오! 백검님의 제자란 말인가! 잘됐군, 잘됐어! 그분은? 그분께선 어디에 계신가?!"

크게 흥분하며 묻는 마룡도제.

그 모습에 선휘가 차마 대답하지 못하고 있을 때 태현이 아이를 가리키며 말했다.

"이 자리에서 이야기를 하기엔 자리가 나쁜 것 같습니

다.”

“아, 그렇군. 이 아이는 내 아들로 선호라 한다네. 일
단… 자리를 옮겨서 이야기를 하는 것이 좋겠군.”

“덕청으로 가시지요.”

태현의 말에 그는 흔쾌히 고개를 끄덕이며 동의했다.

덕청으로 가겠다는 뜻은 결국 이번 의뢰를 포기하겠다
는 뜻과 동일한 이야기였다.

선호를 살리기 위해 많은 돈을 필요로 했던 그이지만
백검의 제자인 선휘의 정체를 아는 순간 그 모든 것은 필
요 없는 이야기가 되었다.

덕청으로 향하는 도중 빠르게 움직이고 있는 진양표국
사람들과 조우하여 사정을 설명하곤 세 사람은 한 발 앞
서 덕청으로 향했다.

마룡도제의 말에 따르면 더 이상 방해를 위해 온 사람
이 없다하니 덕청까지 오는데 큰 문제는 없을 터다.

국주와 약속된 객잔에 방을 잡은 세 사람이 마주 앉았
다.

“우선 사과를 해야 하겠지. 미안하게 되었네.”

“괜찮습니다.”

“하하하! 시원시원한 친구로군!”

호탕하게 웃는 그.

사실 태현으로선 그가 더 이상 적대하지 않는 것만으로도 다행이라 생각하고 있었다.

도저히 지금의 자신으론 상대 할 수 없는 자였다.

여기에 그와 싸우면서 얻은 것이 적지 않음이니, 얻은 것을 천천히 자신의 것으로 녹여낸다면 더욱 강해질 것이었다.

"그보다 백검 사부님과 인연이 있으신 것입니까?"

"응? 자네도 그분의 제자인 것인가?"

"일단은 그렇습니다."

애매한 태현의 대답에 궁금증이 일었지만 마룡도제는 사정이 있을 것이라 생각하며 더 묻지 않았다.

대신 자신의 이야기를 풀어 놓는다.

"오래 전 내가 무림에 처음 나와 아무것도 모를 때 그분께 큰 도움을 받았지. 목숨을 구함 받은 것은 물론이고 지금의 내가 있는데 백검님의 도움이 컸다고 볼 수 있지."

은은한 미소를 지으며 연신 고개를 끄덕이는 그.

"사실 내 아이 선호는 병을 앓고 있다네. 그 병을 고치기 위해선 백검 그분께 드렸던 물건을 필요로 한다네."

"역시… 삼음절맥(三陰絶脈)이었군요."

그의 말을 받은 것은 선휘였다.

선휘의 말에 조금 놀랐었던 듯 그가 눈을 크게 떴다가 동의한다.

"잘 알고 있군. 맞네. 남자로선 참 희귀하다는 삼음절맥에 걸렸다네. 이를 치료하기 위해선 오래 전 그분께서 떠나실 때 내가 드렸던 그 물건을 필요로 한다네."

말이 계속 될수록 선휘의 얼굴이 어두워지더니 결국 그의 말을 끊었다.

"사부님께선 무공을 잃으시고 지금은 세상을 유람 중이십니다. 어디에 계신지는 저희도 알 길이 없습니다."

"그런…!"

"어떻게 사부님을 찾으신다 하더라도… 원하시는 것을 찾으실 순 없을 것입니다. 도제께서 찾으시는 것은 천년화리의 내단일 것입니다."

"그, 그렇네!"

어떻게 알았냐는 듯 되묻는 그에게 그녀는 얼굴의 인피면구를 벗으며 대답했다.

"사부님께서 절 치료하기 위해 사용했던 물건이니까요."

찌익.

인피면구가 사라지자 드러나는 그녀의 선명한 얼굴.

그 뛰어난 미모에 마음을 빼앗기는 일도 없이 마룡도

300

제가 다급히 물었다.

"그, 그게 사실인가?"

"예. 선호…가 겪었던 병은 제가 겪었던 것과 똑같은 것이니까요."

"헙!"

크게 놀란 마룡도제의 입이 다물어지고, 어릴적 큰 병을 앓았다는 것은 알았지만 그것이 삼은절맥이란 사실을 몰랐던 태현은 크게 놀랐다.

두 사람의 놀란 얼굴을 보며 그녀가 쓰게 웃었다.

"천년화리의 내단은 벌써 흔적도 없이 제게 흡수가 되었습니다. 죄송합니다."

마룡도제의 얼굴이 창백해진다.

본래 그가 십만 냥이나 되는 거금을 원했던 것은 막대한 자본을 바탕으로 백검의 위치를 찾고, 천년화리의 내단을 가진 사람의 행방을 쫓으려 했기 때문이었다.

둘 다 쉬운 일이 아니었기에 정보단체에 의뢰를 한다 하더라도 막대한 자금을 필요한 일이다.

백검의 제자인 선휘를 만났을 때까지만 해도 선호를 고칠 수 있겠다는 희망에 불타올랐으나, 천년화리의 내단이 이미 사용되었음을 깨닫자 도저히 헤어 나올 수 없는 깊은 절망감이 그를 덮친다.

"선…호는 내 유일한 자식 일세. 녀석을 낳으며 선호의 어미는 세상을 떠났지. 이젠 이 아이가 내 모든 것인 셈이지. 그렇기에 무림을 떠났던 내가 나 스스로의 규칙을 깨면서 무림에 돌아왔던 것인데… 그 모든 것이 쓸데없는 짓이었다니."

"죄송합니다."

"아니네. 그저… 작은 희망을 바랬던 것일 뿐이야. 그분과 헤어진 것이 벌써 수십 년 전의 일이네. 그동안 그것을 보관하셨던 것도 기적과도 같은 일이겠지. 그것으로 자네를 살렸다면 되었네. 그거면 된 것이야."

쓸쓸하게 이야기하며 몸을 돌려 침상에 누운 채 잠든 선호의 얼굴을 쓰다듬는 마룡도제.

그 모습을 지켜보고 있던 태현이 물었다.

"삼음절맥을 고치는데 꼭 천년화리의 내단이 있어야 하는 것입니까?"

"꼭 필요한 것은 아니지만 삼음절맥을 치료하기 위해선 극양의 기운을 필요로 한다네. 그 외에도 필요한 것들이 많지만 나머지는 다 구했으나 그것만큼은 손에 들어오질 않더군."

"그럼 극양의 기운을 가진 분에게 부탁을 하면 되겠군요."

"그게 무슨 말인가?"

놀라서 태현을 보며 묻는 그.

선휘 역시 무슨 생각이냐는 눈으로 태현을 바라본다.

"저희 표국이 지금 어디로 가고 있는 지 아십니까?"

"그러고 보니 그런 것도 모르는군. 이곳에 오기 전에 방해 해달라는 말만 들었더니."

그 말에 태현은 빙긋 웃으며 답했다.

"막간산입니다."

"막간산? 막간산이라면 분명… 그렇군!"

"구양문이 있지요. 극양의 힘이라면 현 무림에서 그들을 따를 수 있는 문파가 없지요."

의외의 해답에 얼굴이 크게 밝아지던 그의 얼굴이 금세 침울해진다.

"삼음절맥을 치료하기 위해선 극양의 기운을 주입하는 자의 실력이 고강해야 하는 것은 물론이고, 기의 수발이 자유로워야 한다네. 특히 구양문의 경우 오래 전 나와 작은 다툼이 있었던 곳이니 내 부탁을 들어주지 않을 것이네."

"그래도 해보지 않는 것보다 낫지 않습니까. 만약 안 된다 하더라도 사부님이라면 어쩌면 다른 해법을 가지고 계실지도 모릅니다."

"사부? 백검님은 어디에 있는지 알 수 없다 하지 않았나?"

"백검 사부님의 위치는 저도 모릅니다. 하지만… 제가 모시고 있는 또 한 분의 사부님께선 방법이 있을 지도 모릅니다."

"그분이 누구인가?"

또 다른 희망을 잡으려는 것인지 다급히 묻는 그에게 태현은 차분히 답했다.

"지금은 육좌라 불리고 계십니다."

"육좌? 내가 오랜만의 무림행이라 잘 모르겠군."

"과거 무림에선 그분을 일컬어 황금충(黃金蟲)이라 불렀다 들었습니다."

"황금충 강태!"

"그분이 제 또 다른 사부님이십니다."

고개를 살짝 숙이는 태현.

"하지만 그분께선 분명 무공이 그리 뛰어나지 않으신 것으로 알고 있는데?"

"그분의 별호를 생각해 보십시오. 한때 세상의 부를 손에 쥐어 황금충이라 불렸던 분입니다. 그것이 비단 황금뿐만은 아니겠지요."

태현의 말은 명확했다.

과거 세상의 모든 부를 손에 넣었다던 그이다.

그런 만큼 각종 영약과 보물들을 수도 없이 보았을 것이고, 어쩌면 그 행방을 알고 있을 지도 몰랐다.

어디에 있는 지 알 수만 있다면… 그것을 손에 넣는 것은 어떻게든 할 수 있는 일이다.

당장이라도 자리를 뜨려던 마룡도제의 머릿속을 스쳐지나가는 하나의 추측.

그리고 떠오르는 태현과의 싸움.

순간.

"너, 너, 너!"

말을 더듬으며 한껏 흥분해서 외치는 그!

"맙소사 칠성좌(七星座)의 공동전인이로구나!"

그에 태현은 빙긋 웃기만 할 뿐 대답지 않았다.

✝

막간산 하부에 자리를 잡은 구양문은 가장 가까운 마을에서 말을 달려도 하루거리에 위치해 있어 이곳을 찾는 사람은 한정되어 있었다.

가끔 구양문을 찾는 손님이 오는 경우도 있지만 그 대부분은 정기적으로 식량 등의 소모품을 나르는 자들이었다.

그렇기에 특별한 경우를 제외하곤 항시 닫혀 있던 구양문의 대문이 오늘은 크게 열려 있었다.

"서둘러라! 저쪽으로 빨리!"

"그건 이쪽이다!"

"이쪽에 천막을 더 설치해!"

구양문의 모든 식구들과 인근 마을에서 불러온 일꾼들까지 모두 정신없이 이곳저곳을 뛰어다니며 바쁘게 움직인다.

금분세수를 축하하기 위해 이곳을 찾을 수많은 무림인들을 위한 음식과 자릴 마련하려는 것이다.

무림에서 이름 높은 자들도 구양문을 찾겠지만 금분세수를 구경하기 위해 찾는 이름 없는 무인들도 잔뜩 올 것이 분명했다.

이유야 어쨌건 구양문을 찾은 손님들을 박대 할 순 없으니 최대한 편안 자리와 먹을거리를 가득 준비하고 있었다.

바쁘게 움직이는 문도들을 보며 현 구양문주 열화검(熱火劍) 구양찬은 옆에 선 총관에게 물었다.

"준비는 어떻게 되어 가는가?"

"필요한 물건의 대부분은 반입을 마친 상태입니다. 무림에 돌린 배첩 역시 대부분 참석하겠다는 답변이 돌아온 상태입니다."

"흠… 실수하지 않도록 하시게."

"최선을 다하고 있습니다."

구양문주인 그의 나이가 벌써 오십 줄에 들어서고 있어 다음 후계에 가주의 직위를 물려주어야 할 때였다.

하지만 자신의 자식들이나 친인척들 중에서도 뒤를 이을 마땅한 후계가 보이질 않는 것이 큰 걱정이었다.

'날이 갈수록 본문의 힘이 떨어지고 있다는 편견을 이번 기회에 완전히 없애야 한다.'

후계의 문제는 시간이 지나면 어느 정도 해결이 될 것이지만 구양문의 평가가 한 번 떨어지면 그것을 회복하기 위해선 무척이나 많은 공을 들여야 한다.

그렇기에 그는 이번 일을 통해 구양문의 힘을 똑똑히 보여줄 작정이었다.

금분세수를 무사히 치른다는 것은 무척이나 어려운 일이다. 그런 금분세수를 구양문이 무사히 치룬 다면 자연스럽게 그 명성이 오를 것은 당연한 이야기다.

"난 아버님을 뵈러 갈 것이니 뒤는 부탁하네."

"예, 문주님."

금분세수를 앞둔 구룡화검 구양승은 막간산 중 턱 쯤에 자리를 잡은 작은 별채에 머물고 있었다.

평생을 무림에서 지냈는데 이제 무림을 떠난다 생각하니 이런저런 생각이 들어 스스로 이곳에 들어온 것이다.

"아버님, 들어가도 되겠습니까?"

"들어 오거라."

문을 열며 그를 맞이하는 구양승은 도저히 나이가 들어 금분세수를 하는 것이라곤 믿을 수 없을 정도로 정정했다.

두 눈에서 엿보이는 기운은 당장이라도 큰 힘을 발휘할 수 있을 것 같다.

"준비는 잘 되어 가느냐?"

자리를 마주 하고 앉자 구양승이 먼저 입을 열었다.

"거의 모든 준비가 끝났습니다. 이제 남은 것은 무사히 금분세수를 마치는 것뿐입니다."

"허허허, 평생을 몸담은 무림을 떠난다는 사실이 영 익숙해지지 않는 구나."

"죄송합니다."

허탈하게 웃는 구양승에게 고개를 숙이는 구양찬.

"괜찮다."

구양찬의 어깨를 두드리며 힘을 북돋아 주는 구양승.

"문파가 무너지기 시작하면 걷잡을 수 없음이니, 내 평생을 몸담은 문파가 무사 할 수 있다면 무얼 못하겠느냐?

308

게다가 내 무림을 거닐어 본 것이 벌써 십년도 전의 일이니, 오히려 금분세수를 할 시기가 넘었다고 봐도 되겠지."

"반드시 무사히 금분세수를 마치실 수 있을 것입니다. 특히 무당의 현천검제(玄天劍帝)께서 직접 오시겠다 연락을 하셨습니다. 뿐만 아니라 화산의 매화검선(梅花劍仙)께서도 오신다 하셨으니 누가 아버님의 금분세수를 막을 수 있겠습니까?"

"허허, 그분들께서."

아들의 말에 기쁜 듯 웃음 짓는 구양승.

오제의 일인인 현천검제와 칠왕의 한 사람인 매화검선이 온다는 것은 그야말로 안전이 보장된다는 것과 다르지 않은 이야기였다.

누가 있어 칠왕과 오제를 뚫고 그에게 공격을 할 수 있겠는가.

아주 오래 전 그 두 사람과 작은 인연을 맺었던 것이 이리 크게 돌아올 줄은 미처 구양승 그도 생각지 못했던 일이었다.

"그보다 사림문(蛇林門)은 어찌되었느냐?"

사림문은 구양문과 경쟁 관계에 있는 문파로 사파의 일원이지만 그 힘이 결코 얕잡아 볼 수 없는 곳이었다.

오랜 세월 서로 반목을 거듭한 탓에 얼굴을 보기만 해도 검을 뽑을 정도로 구양문과 사림문의 관계는 최악이라 해도 무방했다.

"그들과는 협의를 끝냈습니다. 이번 금분세수를 무사히 마치는 것을 조건으로 그들 영역에 있는 저희 상권을 철수시키기로 했습니다. 당장은 약간의 손해이겠으나 얼마 되지 않으니 곧 회복할 수 있을 것이라 봅니다."

"생각보다 큰 조건을 요구하지 않은 모양이로구나."

"예. 또 한 가지 오년 간 서로 싸우지 않도록 했습니다. 일종의 상호불가침의 조약이라 볼 수 있겠지요."

"상호불가침 조약이라… 재미있는 조건을 내걸었군."

"들리는 소문에 의하면 그쪽도 후계 문제로 골치가 아프다 들었습니다. 후계를 정하는 시간을 벌려는 것이 아닐까 싶습니다. 상권 철수는 일종의 명목인 셈이지요."

이어지는 아들의 설명에 구양승은 흐뭇하게 웃었다.

언제까지고 아이로 보였건만 이제 보니 너무나 훌륭하게 자라있는 것이 아닌가.

'하긴 나이가 몇살인데 아직까지 철이 들지 않았을 리도 없겠지.'

"허허허, 눈을 감으면 네가 사고를 치던 때가 선명하게

310

기억이 나거늘 이젠 완전히 컸구나."

"그, 그게 언제 일인데 아직도 그러십니까."

"허허허!"

웃으며 옛 이야기를 시작하다 부자는 과거의 추억을
떠올리며 해가 질 때까지 이야기를 주고받았다.

퍼펑! 펑!

막간산의 초입에 들어서자 하늘 위로 쏘아지는 불꽃이
있었다.

크진 않지만 띄엄띄엄 올라오는 것이 아무래도 내
일 있을 금분세수에서 사용할 폭죽을 점검하는 모양이
다.

"내일 있을 금분세수의 규모가 아주 클 모양입니다. 저
비싼 폭죽을 터트려 실험하는 것을 보니."

국주의 말에 태현은 고개를 끄덕이며 주변을 살핀다.

하루 전날이라 그런지 구양문으로 향하는 길에는 사람
이 무척 많았는데, 그 대부분이 무림인들이었다.

이제와 표물을 공격하는 이들은 없겠지만 그래도 모르
는 일이기에 표사들의 얼굴이 바짝 긴장되어 있었다.

다행이 얼마 지나지 않아 구양문이 보이고 표물을 무
사히 운송 할 수 있었다.

"수고하셨소. 제 시간에 도착하지 않으면 어쩌나 했는데…."

"하하, 신속 정확이 저희 진양표국의 가치입니다. 혹시 이용하실 일이 계시다면 언제든 불러주시면 감사하겠습니다."

"그러도록 하겠소. 마음 같아선 방이라도 내주고 싶으나, 보다시피 이미 손님들로 방이 가득 차서 그냥 돌려보내는 것을 이해해 주기 바라오."

구양문의 총관이라는 자의 정중한 말에 국주 허문선은 고개를 숙이며 말했다.

"괜찮습니다. 그렇지 않아도 바쁘실 텐데 들어가 보시지요, 저희는 알아서 하도록 하겠습니다. 기왕 왔으니 금분세수도 보고 축하를 드린 뒤 돌아가려 합니다."

"그래주시면 감사하겠소. 그럼."

끝까지 정중함을 잃지 않으며 돌아서는 총관.

표물의 인수가 완전히 끝나고 나서야 모두들 안도의 표정을 짓는다.

그러면서도 계속 태현, 선휘와 함께 서 있는 마룡도제에게 시선을 주는 사람들.

그 때문에 큰 경을 치를 뻔했으니 어쩌면 당연한 일이었다.

"어떻게 하시겠습니까? 먼저 만나보시겠습니까?"

"음… 함께하지. 구룡화검은 양강무공의 고수이니 만나보는 것만으로도 얻는 것이 있을 것이네."

"그리하겠습니다."

마룡도제의 제안을 태현은 거절하지 않았다.

이곳으로 오는 동안 끊임없이 무(武)에 대한 토론을 했던 두 사람이다.

이제와선 무척이나 친해져 있었는데, 특히 마룡도제의 아들인 선호는 선휘의 품에서 벗어날 줄 몰랐다.

대부분의 시간을 잠으로 보내지만 깨어났을 때마다 그녀가 놀아준 탓이었다.

마룡도제는 분명 아들을 위해 살아가는 대단한 부모였지만 아이와 놀아주는 것에는 크게 서툴렀던 것이다.

"저희는 이곳에서 볼일을 보고 돌아갈 것이니 국주님께선 편하실 대로 움직이십시오. 어쩌면 항주에서 바로 뵙는 것이 편할 수도 있겠습니다."

"그리하겠습니다. 일단은 내일 이곳에서 벌어질 금분세수의 모습을 구경하고 떠날 생각입니다."

서로의 의견을 주고받은 뒤 허무선은 표국의 식구들과 함께 구양문을 떠난다.

이제 남은 것은 마룡도제와 태현, 선휘 그리고 마룡도

제의 아들 선호뿐이었다.

바쁘게 움직이는 사람들 중 구양문의 문도 한 사람의
팔을 잡은 마룡도제는 귀찮아하는 표정이 역력한 그에게
말했다.

"노부는 마룡도제라 하네. 문주를 뵙고 싶네."

마룡도제가 구룡화검의 금분세수를 축하하기 위해 구
양문을 찾았다!

소문은 빠른 속도로 퍼졌다.

구양문에서 일부러 퍼트린 것도 있지만 지난 수년 동
안 그 모습을 감추었던 마룡도제의 등장은 사람들에게 큰
화제 거리였다.

무림 최강자 중의 한 사람인 마룡도제.

오제를 본다는 것은 같은 문파의 사람이라 하더라도
결코 쉬운 일이 아님이니, 인연이 없는 자들은 더욱 그랬
다.

덕분에 갈까 말까 망설이던 사람들이 대거 막간산으로
몰려들기 시작했다.

"날 이용하는 것 같아서 기분이 좋진 않군."

"그래도 덕분에 구룡화검과의 약속을 잡을 수 있지 않
았습니까. 어차피 구경을 하고 가려했던 것이니 좀 더 좋

은 자리에서 본다 생각하면 될 것 같습니다."

태현의 말에 마룡도제는 피식 웃으며 고개를 끄덕인
다.

구룡문에서 낸 소문은 이미 마룡도제의 허락을 구한
것이었다. 아무리 구룡문이라 하더라도 그의 허락도 없이
소문을 퍼트렸다가 그의 기분이 상하기라도 했다간 큰일
인 것이다.

"당장이라도 봤으면 하지만… 아쉽군."

"구양문도 그들 나름의 체면이 있으니 어쩔 수 없지
요."

아쉬워하는 마룡도제.

사실 그의 이름이라면 당장이라도 구룡화검을 만날 수
있었지만 구룡문주는 금분세수를 이유로 들어 만남을 뒤
로 미루었다.

대신 머무는 동안 불편함이 없도록 구룡문 안에서도
몇 없는 별채를 통으로 내주었다.

오제의 일인인 그에게 당연한 대접이지만 구룡문주는
그것마저도 어느 정도 포장을 함으로서 마룡도제가 화나
지 않도록 만들었다.

"금분세수가 조용히 끝나길 기대하는 수밖에 없겠
군."

"오제의 두 사람이나 있는 장소에서 과연 설칠 수 있는 사람이 있겠습니까? 아무리 증인으로서 직접적인 검을 휘두르지 않는다 하지만, 오제와 척을 지는 일이지 않습니까."

태현의 말에 그는 고개를 흔들었다.

"세상이 꼭 뜻대로 흘러가라는 법은 없지. 게다가 죽고 싶어서 안달이 난 놈들도 무림에 제법 많은 편이거든."

"설마…."

"내 생각일 뿐이다. 하지만 금분세수를 무사히 마친 무림인이 손에 꼽는다는 것을 떠올린다면… 꼭 내 생각만은 아니겠지."

쓰게 웃는 그.

그 말에 태현은 그럴 수도 있겠다고 생각했다.

무림은 복잡한 은원으로 돌아가는데다, 자신의 이름을 알리기 위해선 무슨 짓이든 하는 자들도 없잖아 있었다.

게다가… 놈들이 있었다.

'잘 봐야 하겠어.'

단순히 구경이나 하려고 했던 것이 문제가 커질 수도 있다는 생각에 태현의 얼굴이 구겨진다.

"준비는?"

"돼, 됐습니다."

"좋아. 확실하게 한다면 넌 더 큰 힘을 얻을 수 있을 거야. 그리고 세상 누구도 널 무시 하지 않게 될 거다."

"누, 누, 누구도 무시 하, 할 수 없게 만들 거, 겁니다."

말을 더듬는 사내를 보며 그는 웃었다.

그리고 붉은 환단을 내민다.

"널 강하게 만들어 줄 약이다."

"오, 오오오!"

눈을 크게 뜨는 그.

"최고가 되어 돌아오거라."

"아, 알겠습니다!"

붉은 환단을 받고선 사라지는 그.

"그래, 돌아와야지. 죽어서 말이야. 크크큭!"

웃음을 터트리는 사내.

흑영이 눈을 빛낸다.

금분세수의 날이 다가왔다.

전날부터 구양문의 정문을 가득 채운 손님들은 해가

317

떠오르고 구양문의 정문이 열리자 물밀 듯 안으로 들어가
자리를 잡는다.

떠들썩한 자리가 연이어지고 마침내 해가 중천에 뜨자
커다란 징소리와 함께 금분세수 의식의 시작을 위한 준비
에 들어가기 시작했다.

〈2권에서 계속〉

로열로더

NEO FUSION FANTASY STORY

가주이기 원하나는 압숙정인 본명.
그것을 그가 불러들인인 저주나 다름없었다.
숙청의 의미로 선택한 마다.
그리고 놀이게 될 정서의 길라잡.
저주받은 패러다가 불어왔다.

[레벨 업을 진행하시겠습니까?]

처음 들어 보는 단어 레벨 업.
그러나 그것을 받아들인 순간 그는 다시 태어났다!!

사기적 능력을 갖게 된 제닌의 거침없는 행보!!

이희호 퓨전판타지 장편소설

로열로더 2 이희호

로열로더 1 이희호

ROYAL ROADER

로열로더 1

※ 출판 일정에 따라 출간열은 변경될 수 있습니다.

적응자
장르 최대 사이트 문피아
골든베스트 1위!!
우연한 기회에 몬스터의 피에 감염되어
적응자로 거듭나게 된 백유건.
그러나 우연이라 여겼던 그 모든 배후에는
상상할 수 없는 손길이 닿아 있었다.
적응자로서 자신의 능력을 온전하게 깨닫고 이를 통해
문제의 근원을 향해 조금씩 나아가는 그의 활약.
그런 그의 앞에 차원의 문을 열고
이 세상에 넘어온 최악의 상대, 더 블랙!
적응자로서 각성한 백유건!
세상을 구하기 위한
그의 분투가 시작된다!
네모리노 현대판타지 장편소설
NEO MODERN FANTASY STORY
2 적응자
1 적응자
적응자 1
※출판 일정에 따라 출간일은 변경될 수 있음